Die Vampirassistentin

Die Vampire von Emberbury

Eva Alton

Andere Bücher von Eva Alton:

Die Vampire von Emberbury Serie
Die Vampirassistentin (Buch 0)
Die Verlorene Hexe (Buch 1)
Der Spiegel der Hexe (Buch 2)
Die Maskerade der Hexen (Buch 3)
Die Elemente der Hexen (Buch 4)

Hexen von Ibiza Reihe:
Iris - Der Blutzauber
Selena - Wolfsmond
Mina - Geister der Schatten

*Werde Mitglied im exklusiven VIP-Leserclub von Eva Alton und genieße ein Gratisexemplar des Romans "Der Assistent des Vampirs". Werde jetzt Mitglied***, indem du hier klickst.***
https://sendfox.com/lp/m4yndv

„Da komme ich hin", sagte Sancho, „und jetzt sag mir, welches Werk ist größer, einen Toten zum Leben zu erwecken oder einen Riesen zu töten?"

„Die Antwort ist ganz einfach", erwiderte Don Quixote, „es ist ein größeres Werk, einen Toten zum Leben zu erwecken."

Don Quixote
Miguel de Cervantes Saavedra

Prolog

Francesca

Sommer 1981

Ich töte nur jene, die sterben wollen.

Als ich Julia Reighton zum ersten Mal sah, kurz nach dem letzten Krieg, kniete sie mit feuchten Augen an einem leeren Grab. Kriegswitwen waren oft widerstandsfähige kleine Wesen, aber diese schien zu verloren, um sich erholen zu können. Das wiederum machte sie aber zu einer idealen Kandidatin für eines meiner Wohltätigkeitsprojekte.

Nach dem Krieg wurde der Friedhof von Saint Emery zu einem meiner Lieblingsorte, um die Abende zu verbringen und dem nachzugehen, was ich gerne „gewissenhafte Jagd" nannte. Der Friedhof war klein und bezaubernd, ähnlich wie der daheim, aber im Gegensatz zu unserem heimischen Saint Anne, der seit mindestens einem Jahrhundert verlassen war, platzte Saint Emery stets vor trauernden Seelen, die sich oft willig in schlaffe, schuldlose Opfer verwandelten.

Ich ahnte nur nicht, dass hinter Julias besiegter Fassade ein kämpferischer Mensch wohnte, der die Art und Weise ändern würde, wie unser Klan bis zu diesem Tag gelebt hatte.

Das unerwartete Erscheinen dieses seltenen menschlichen Exemplars bescherte mir eine Tochter und eine Schwester. Aber beraubte mich eines Bruders.

Es würde lange dauern, bis ich mich mit Julias Paradoxon abfinden würde. Und hätte ich gewusst, welchen Aufruhr sie mit sich trug, hätte ich meine Pläne vielleicht noch in derselben Nacht ohne Zögern umgesetzt.

Doch Ludovic ließ mich nicht, und so kam es, dass wir das Blut eines alten Rivalen unter den Gewölben des Klosters beherbergten.

Kapitel 1

Julia

Emberbury, März 1946

„Ich heiße Julia und bin Witwe.
Eine weitere Kriegswitwe."

Als ich auf das ledergebundene Tagebuch sah, starrte ich auf diese verstörenden Worte und strich sie dann in einem Wutanfall durch. Erinnerungen an Gabriels sinnloses Begräbnis überschwemmten meinen Geist und der Druck in meiner Brust drohte, mein Herz explodieren zu lassen.

Der Gedanke an Explosionen machte mich noch wütender, denn er erinnerte mich an Gabriels Tod. Hastig griff ich nach dem Anhänger um meinen Hals. Das kalte, erdende Metall versetzte mich zurück in die Gegenwart und zu dem Mahagoni-Schreibtisch, an dem ich saß. Der Raum, in dem ich meine Gedanken niederschrieb, war fensterlos, aber aufwendig dekoriert: Nur ein kleiner Teil einer geheimen unterirdischen Behausung unter einem Friedhof, den ich nun mein Zuhause nannte. Meine Gedanken wanderten zurück zu dem Tag, als alles begonnen hatte, zu jenem Abend, an dem ich vor die Wahl zwischen dem Dienen der Toten und dem Beitritt in ihre Reihen gestellt wurde.

Ich hatte Ersteres gewählt.

***

Saint Emery, 4 Monate zuvor

Ein Dutzend schwarzer Rosen schmückten den gemeißelten Granitgrabstein auf dem Friedhof von Saint Emery. Es wurde spät, aber ich war nicht die einzige Frau, die an diesem weiteren Abend nach dem Krieg vor dem kalten Stein kniete.

Ich war jung und frei, mit einer Zukunft vor mir. Der Friedensschluss sollte unser Leben wieder normalisieren. Normal oder nicht, ich scherte mich nicht sonderlich um das, was die Zukunft bringen mochte, schon gar nicht jetzt, da Gabriel für immer fort war.

Den Besuch an seinem Grab empfand ich als eine unerwartete Form der Befriedigung und manchmal fragte ich mich, ob ich mehr in den Geist verliebt war als in den Mann selbst. Ich hatte Gabriel nur für eine kurze Zeit vor seinem Einsatz gekannt, sodass Erinnerungen mit Vorstellungen zu einer untrennbaren Einheit verschmolzen waren. Liebte ich ihn oder doch eher die Erinnerung an ihn? Es war schwer zu sagen, denn meine Vorliebe für die Dunkelheit reichte bis in meine Kindheit zurück, bis zu dem Tag, an dem mein kleiner Bruder und meine Mutter bei seiner Geburt gestorben waren. Damals hatte mich der Tod und seine unheimlichen Entscheidungen fasziniert. Gabriels Erinnerung hatte mir geradezu erlaubt, mich schuldlos mit diesen Dämonen zu verbinden. Niemand machte einer Witwe im Jahr 1946 Vorwürfe wegen ihrer Hoffnungslosigkeit.

Die übrigen trauernden Frauen verließen nach

und nach den Friedhof. Als die Dunkelheit hereinbrach, war ich die Einzige, die auf dem Friedhofsgelände blieb. Ich blieb gerne bis zur Schließung, denn das gab mir die Freiheit, meinem verstorbenen Ehemann laut meine Gedanken mitzuteilen. Natürlich antwortete er nie, aber es war einfacher zu weinen, wenn niemand zuschaute.

„Gabriel, wenn ich dich doch nur wiedersehen könnte", murmelte ich und zündete eine Kerze an, während ich versuchte, mich an das letzte Mal zu erinnern, als wir zusammen gewesen waren. Man hatte ihn kurz nach unserer Hochzeit ins Ausland geschickt, und bald darauf war er zu einem weiteren Kollateralschaden geworden. „Ich wünschte, ich könnte wieder mit dir vereint sein".

„Ich könnte dir dabei helfen", antwortete plötzlich jemand.

Erschrocken fuhr ich zusammen. Hatten die Engelsstatuen meine Bitte beantwortet? Oder war es … Gabriels Geist gewesen?

Doch es war keines von beiden: Nur eine kleine junge Frau, die direkt hinter mir stand.

Ich hatte sie zuvor noch nie auf Saint Emery gesehen, aber sie sah aus wie eine von uns: Noch eine Frau, die einen geliebten Menschen an den Horror verloren hatte: Ehemann, Vater, Bruder … vielleicht sogar alle gleichzeitig. Diese Dame mochte zwar reicher aussehen als die gewöhnlichen Witwen, die um Saint Emery herumschwirrten, aber ich hatte gelernt, dass der Tod bei seinen Opfern nicht wählerisch war.

„Kennen wir uns?", fragte ich sie und nahm ihre exzentrische Kleidung in mich auf, die direkt aus dem Kleiderschrank meiner Großmutter hätte stammen können. Sie hatte langes, blondes Haar, sorgfältig hochgerollt und gesteckt, und es glänzte geheimnisvoll im Licht der vielen brennenden Kerzen auf dem Friedhof. Etwas in ihrer Haltung verriet mir, dass sie aus wohlhabenderem Hause kam als ich.

„Ist unsere Bekanntschaft wichtig, solange ich bereit bin, dir zu helfen?" Ihr Lächeln erinnerte mich an die funerären Skulpturen um uns herum: seltsam himmlisch, aber irrational zugleich. Sie sprach mit einem süßen, leichten italienischen Akzent. „Wenn du deinen Ehemann wiedersehen möchtest, habe ich einen Weg, um das zu ermöglichen, wonach dein Herz sich sehnt."

„Meine liebe Dame, wer immer Sie sind, Sie stehen nicht über Gott und ich bezweifle, dass Sie die Toten erwecken können."

Ich stand wegen ihrer unverschämten Unterbrechung beleidigt auf. Ich würde morgen wiederkommen, wenn sie weg war.

„Ich habe nicht von der Erweckung der Toten gesprochen, sondern davon, Ihnen zu helfen, sie zu treffen, Signora."

„Entschuldigen Sie, aber ich mag nicht, wie sich dieses Gespräch entwickelt", sagte ich wütend und wischte mir mit meinem noch feuchten Ärmel über die Augen. Die Frau schien harmlos zu sein, so dünn und klein, aber ihr Sinn für Humor gefiel mir nicht besonders. Mir stand nicht der Sinn danach, dass man sich über mich lustig macht oder zu streiten, also verschob ich meine Trauer auf den nächsten Tag und ging.

Gabriel würde das Warten sicher nichts ausmachen.

Das war einer der Vorteile, Dates mit Toten zu haben. Das und sie widersprachen einem auch nur selten.

Sie waren außerdem gute Zuhörer.

Als ich das Friedhofstor durchquerte und Gabriels Grab hinter mir ließ, konnte ich immer noch die Anwesenheit der blonden Frau hinter mir spüren wie einen unheimlichen, dunklen Schatten.

Ich erreichte den Pfad, der zu meinem Zuhause führte. Er führte durch ein kleines Dickicht und ich zögerte zuerst. Den Weg durch den Wald zu gehen, würde bedeuten, dass ich vom Friedhof aus einen kürzeren Heimweg hätte; aber in der Dunkelheit und mit einer seltsamen Frau im Nacken, die mir folgte, wäre es vielleicht sicherer, an der Hauptstraße zu gehen. Das Leben nach dem Krieg war hart und Raubüberfälle waren nicht so ungewöhnlich.

Als ich auf das Kopfsteinpflaster trat, packte mich eine kleine Hand am Nacken. Eine andere bedeckte meinen Mund und zog mich mit kaum vorstellbarer Zugkraft in den Wald. Ich versuchte, mich zu wehren, aber die Arme, die mich hielten, waren wie ein Stahlkäfig. Ich trat und kämpfte, aber die Fremde zuckte nicht einmal.

Ich sah ihr Gesicht: Es war die Frau vom Friedhof. Mit einem eisernen Griff drückte sie mich gegen einen Baum, und ich begann zu zittern.

„Du hast meine Frage immer noch nicht beantwortet", sagte sie und nahm ihre Hand von meinem Mund. Ihr Lächeln machte mich sprachlos: Scharfe, elfenbeinfarbene Fangzähne ragten zwischen ihren karmesinroten Lippen hervor. „Ich glaube, wir können uns gegenseitig helfen."

Ihre Augen funkelten leicht rot. Bis dahin war mir ganz schwindelig. Sie begann, meinen Mantel aufzuknöpfen, wobei sich ihre Lippen meinem Nacken mit überraschender Zärtlichkeit näherten. Mein Körper wurde gegen meinen Willen in ihren Armen schlaff.

„Francesca, hör auf!" Eine männliche Stimme näherte sich uns in der Dunkelheit, und die Frau drehte sich um.

Ein Fremder tauchte hinter mir auf. Seine Gesichtszüge erinnerten an die der Frau, aber in einer gebräunteren Version. Die Wahl seiner Kleidung war genauso eigenartig wie die ihre. Während die Frau sehr jung aussah, mochte der männliche Neuankömmling Ende zwanzig oder Anfang dreißig sein.

„Du willst sie doch nur für dich, Bruder", fauchte sie und zögerte, mich loszulassen.

„Ihr Duft ist so seltsam", antwortete der Mann streng, „gefährlich".

Ich rang nach Luft, als sein feuriger Blick mir Schauer über den Rücken jagte. Ich, eine mittellose Witwe, gefährlich?

„Nicht schlimmer als diese widerlichen Soldaten, von denen wir uns im Krieg ernährten", antwortete die blonde Frau gleichgültig. „Ich habe sie zuerst gefunden, also gehört sie jetzt mir."

Sie redeten, als wäre ich gar nicht da. Die Frau hielt mich mit nur einer Hand am Baumstamm fest und der Mann stand mit den Händen an den Hüften hinter ihr.

„Francesca, du kennst die Regeln."

Der Mann ging hin und her. Ein langer, samtener Umhang wehte hinter ihm wie eine Flagge.

„Ja, das tue ich. Deshalb ja. Sie hat angedeutet, dass sie sterben möchte. In meinen Handlungen ist nichts Unrechtes."

„Es könnte eine Falle sein, sorellina mia. Es riecht definitiv danach. Denk daran. Denk daran, was …"

„Nein, Ludovic", flüsterte sie und sie tauschten

einen keuschen Kuss aus. „Überlass sie mir."

Der Mann schob seine Begleiterin beiseite und zog sanft am Revers meines Wollmantels, inspizierte mit einer Mischung aus wissenschaftlichem Interesse und bekümmerter Intensität die Haut um meinen Hals. Er streichelte meine Kehle mit eiskalten Fingern und sein Gesicht näherte sich meinem, genau wie das eines Liebhabers. Ich zuckte zusammen, fast in der Erwartung, dass er mir einen Kuss stehlen würde, aber er schnupperte nur an der Haut hinter meinem Ohr und verzog dann angewidert das Gesicht. „Da besteht kein Zweifel. Sie ist eine …"

Die Frau unterbrach ihn: „Sie ist keine … trotz ihres Dufts hat sie keine Macht, keine Aura, kannst du das nicht spüren?"

Er nickte widerwillig und ließ meinen Mantel los, ergriff jedoch meinen Arm und machte nicht den Eindruck, mich loszulassen.

„Jetzt hat sie ohnehin schon zu viel gesehen", sagte die Frau und strich mit seltsamer Sehnsucht mit dem Daumen über meine Wange.

„Das können wir beheben. Erlaube mir, sie vergessen zu lassen und dann gehen wir."

„Auch ihre Art verdient Gnade, Ludovic!"

„Es geht nicht um Gnade! Es geht um die Sicherheit meiner Schwester."

„Ich kann auf mich selbst aufpassen. Auf uns beide."

„Ja, das kannst du", stimmte der Mann zu und neigte den Kopf. „Aber diese Wohltätigkeitsprojekte von dir werden dich bald dein unsterbliches Leben kosten."

Sie lächelte ihn süß an und ich erhaschte eine Spur von Wohlwollen unter diesen von Wahnsinn ergriffenen Augen.

„Diese Frau stellt für keinen von uns eine Gefahr dar. Sie ist nicht Bellissa. Der Unterschied zwischen uns, Bruder, ist, dass ich den wahren Glauben an das Gute noch nicht verloren habe. Ich habe eine Empathie für diejenigen bewahrt, die trauern, egal woher sie kommen. Wir beide kennen den Schmerz, einen geliebten Menschen zu betrauern. Trotzdem, kannst du dir vorstellen, an einem leeren Grab zu weinen?"

Ein leeres Grab, sagte sie.

Wie konnte sie das wissen?

Plötzlich richtete sich die Blonde auf und neigte den Kopf, wodurch goldene Haarwellen über ihre linke Schulter fielen. „Ich habe eine wunderbare Idee. Vielleicht hast du recht und sie sucht gar nicht diese Art von Gnade. Aber wir könnten sie dennoch zu unserem eigenen Vorteil nutzen."

„Sie nutzen?", fragte der Mann schockiert, „Wie nutzt man eine …"

„Shhht, Bruder! Vielleicht ist es besser, wenn sie es noch nicht weiß." Sie legte einen Zeigefinger auf seine Lippen, die erstaunlich rot waren. „Und um deine Frage zu beantworten: auf unterschiedliche Weise."

Sie kicherte schelmisch.

„Nein!" Er stampfte frustriert auf den Boden.

„Ach, aber Elizabeth wird begeistert sein. Es wird unser kleines Geschenk für sie."

„Cara mia!" Er schüttelte den Kopf. „Ich hoffe, du weißt, was du da tust."

„Vielleicht sollten wir sie einfach selbst fragen."

Der Mann knöpfte meinen Mantel mit verblüffender Geschicklichkeit zu. Dann schüttelte er mich leicht, als wolle er mich aus dem Schock aufwecken, der mich überwältigt hatte.

„Entschuldigen Sie meine Schwester", sagte er und deutete in Richtung der Blondine, während er tief in meine Augen blickte. Seine hatten einen merkwürdigen Azurton und leuchteten in dem Mondlicht mit übernatürlicher Helligkeit. Er wirkte blendend, aber gleichzeitig absolut furchteinflößend. „Möchten Sie heute Nacht sterben oder nicht?"

Das war vielleicht die seltsamste Frage, die mir bis zu diesem Tag je gestellt worden war.

Und trotz meiner Trauer, trotz all der Tränen, die ich für Gabriel vergossen hatte, und trotz der Verzweiflung, die mich seit dem Tag ergriffen hatte, als ich den blauen Umschlag mit der Nachricht vom Tod meines Mannes erhalten hatte, zögerte ich keine einzige Sekunde, bevor ich antwortete.

„Ich möchte leben", antwortete ich.

Und das war exakt der Moment, in dem mein Leben wirklich begann.

***

Emberbury, Juli 1946

„Elizabeth hat nach Ihnen schicken lassen", sagte Ludovic. Ich starrte ins Leere, verloren in den Erinnerungen an den Tag, an dem ich ihn und seine Schwester getroffen hatte. Ein vorsichtiges Lächeln erblühte auf seinem überirdisch goldenen Gesicht und dichte schwarze Locken verdeckten seine Augen. Er wischte sie so schnell weg, dass seine Hand nicht mehr als ein verschwommener Schatten war, der über seine Stirn huschte.

„Bitte sagen Sie ihr, dass ich gleich da sein werde."

Ludovic nickte und ging.

Ich warf einen Blick auf die Uhr an der Wand: Es war früh, dass die Königin zu einer Besprechung rief. Als ich aufstand, kam mir eine Idee. Elizabeth mochte das Warten nicht, aber ich musste es aufschreiben, bevor ich es vergaß.

Ich riss die vorherige Seite aus meinem Tagebuch, beugte mich über das Papier und zeichnete die neue Anfangszeile mit der prächtigsten Kalligrafie, die ich aufbringen konnte:

„Ich heiße Julia und bin eine Hexe."

Kapitel 2

Julia

März 1946

Die Frau, die mich im Wald gefangen genommen hatte, verschwand in einer Rauchwolke.

An ihrer Stelle flatterte ein kleiner Rabe, der über die Bäume segelte und in der dunklen, mondlosen Nacht verschwand.

Ich unterdrückte einen Schrei, unfähig zu glauben, was meine Augen gerade gesehen hatten: Eine unglaublich starke Frau, die sich in einen Raben verwandeln und davonfliegen konnte. Welche Art von Wesen war das und warum streifte es nachts über den Friedhof von Saint Emery?

Der Mann vor mir schüttelte mit Besorgnis den Kopf. Seine eiskalte Hand ließ mein Handgelenk los und ergriff stattdessen meine Hand mit ebenso fester Entschlossenheit.

„Bitte, lassen Sie mich gehen", flehte ich und starrte ihn mit ängstlichen Augen an. Als Antwort sah er einfach weg. Es lag Schuld in der Art, wie er mich ignorierte, aber offensichtlich eine Schuld, die er nicht anerkennen würde. „Was wollen Sie von mir?" wimmerte ich.

„Ehrlich gesagt möchte ich, dass Sie und Ihre Art uns in Frieden lasst. Das würde ich wollen", antwortete er kryptisch, „aber meine Schwester denkt da anders.”

„Sie in Frieden lassen?” Ich blinzelte verständnislos. „Sir, schauen Sie mich an!” Ich zeigte auf meinen geflickten braunen Rock. „Vergeben Sie mir, aber welche Art von Bedrohung könnte jemand wie ich für einen Mann wie Sie darstellen?”

Er war groß und gut gebaut, seine glatte Haut und seine weichen Finger ließen auf ein privilegiertes Leben in Komfort schließen, fernab von den Feldern und den lungenzerstörenden Fabriken, in denen die meisten Bewohner von Saint Emery, einschließlich mir, ihre Tage verbrachten.

Er beobachtete mich genau, verharrte erneut eine Sekunde zu lange auf meinem Hals und seine Augen wurden sanft, als er bemerkte, wie wenig einschüchternd ich aussah.

„Bitte, haben Sie Erbarmen”, sagte ich erneut, doch er ignorierte meine Bitte und setzte seinen Weg fort.

Wir erreichten den Bahnhof, wo er zwei Tickets nach Emberbury kaufte, einer mittelgroßen Stadt westlich von Boston.

„Haben Sie Familie?”, fragte er. „Eine alte Mutter, um die Sie sich kümmern müssen? Kinder, die zu Hause auf Sie warten?”

Ich schüttelte den Kopf und wischte meine Tränen diskret ab, als wir in den Zug stiegen. Ich versuchte, die Einsamkeit nicht als Feind, sondern als freundliches Wesen in meiner Brust zu betrachten: Solange ich es oft genug fütterte, würde es sich um mich kümmern und mich vor der Außenwelt beschützen. Manchmal zeigte es seine Zähne, aber das geschah nur sporadisch.

„Sehr gut!" Er schien mit der Antwort zufrieden zu sein. „Wie lautet Ihr Name?"

„Julia. Julia Reighton."

Er nickte schweigend und tippte mit langen Fingern auf der Armlehne.

„Darf ich den Ihren wissen?", fragte ich leise.

Der Mann sah sich um, um sicherzugehen, dass wir allein im Abteil waren. „Ich mache mir Gedanken darüber, was Sie mit dieser Information anstellen könnten."

Seine Antwort brachte mich zum Lachen. Es war ein bitteres, vielleicht hysterisches Lachen, das zur Irrationalität der Situation passte. Ich dachte, ich würde wahnsinnig werden. „Ja. Denn so könnte ich Ihren Namen in ein Glas stecken und Ihre Seele dem Teufel verkaufen, richtig?"

Nachdem er mich angesehen hatte, könnte ich seine Gedanken gelesen haben. Ich machte ihm keine Vorwürfe, nachdem ich eine Frau in einem Nebel verschwinden gesehen hatte.

„Woher haben Sie dieses Medaillon?", fragte er und zeigte auf meine silberne Halskette. Sie war wie ein umgedrehter Baum geformt, mit mehreren Ästen, von denen jeder einen anderen Gegenstand trug: einen Schlüssel, einen Mond, einen Vogel und eine Schlange. Obwohl ich seine Bedeutung nicht kannte, trug ich es, weil es mich an Gabriel erinnerte.

„Es gehörte meinem verstorbenen Mann", antwortete ich und hielt das Medaillon in meiner Hand. Ich hatte es meinen Mann nie tragen sehen, aber trotzdem war dieser Schmuck mein Anker geworden, meine letzte Verbindung zu ihm in den dunklen Nachkriegstagen.

„Das ist ein interessanter Schmuck für einen

Mann", kommentierte er in leiserem Ton. Sein Gesicht wurde von einer Mähne schwarzer Locken umrahmt und von schön gepflegten, wenn auch veralteten, Koteletten. „War er Italiener?", fragte er neugierig.

Plötzlich mutiger geworden, wiederholte ich seine vorherige Entschuldigung: „Ich mache mir Gedanken darüber, was Sie mit dieser Information anstellen könnten."

„Ich verstehe. Sie können mich Ludovic nennen", sagte er knapp.

Nach diesem kleinen Sieg fühlte ich mich schon etwas besser. „Nein, er war kein Italiener", sagte ich, „aber er starb in der Nähe von Bari. Das war unter den persönlichen Habseligkeiten, die ich nach seinem Tod erhalten habe."

„Sehr interessant", sagte er und machte eine Bewegung, als wolle er es berühren, zuckte aber im letzten Moment zurück. „Wissen Sie, was es bedeutet?"

„Es bedeutet, dass er tot ist und ich nun auf mich allein gestellt bin", antwortete ich und schloss meine Augen.

***

„Hexen stinken."

Eine karamellfarbene Dame begrüßte uns düster bei unserer Ankunft. Während der Zugfahrt hatte ich so getan, als würde ich schlafen, und meinen Entführer Ludovic mit halb geschlossenen Augen beobachtet. Ich hatte gehofft, dass er aufstehen und mir die Gelegenheit zur Flucht geben würde, aber er saß nur wie eine Wachsfigur da. Schließlich wurde der Bahnhof Emberbury Park angekündigt und wir stiegen aus.

Eine Stunde vor Sonnenaufgang hatte Ludovic

mich durch eine Reihe von unterirdischen Galerien unter einem verlassenen Friedhof in eine geheime Wohnung gebracht, die er ganz nüchtern als Vampirnest bezeichnet hatte.

„Ein ... was?", hatte ich schockiert gefragt, aber er hatte die Frage ignoriert und mich aufgefordert, mich auf das Treffen mit ihrer Anführerin vorzubereiten. Kurz darauf stand eine mittelalte und sehr königlich aussehende Dame namens Elizabeth Swamp vor mir und nannte mich eine Hexe.

„Was soll ich mit ihr anfangen?", fragte sie und beschnüffelte mich erneut angeekelt. Die Königin saß in einem roten Samtsessel, trug einen Rock mit mindestens drei Unterröcken und weiße Handschuhe, die sich von ihren bronzefarbenen Unterarmen abhoben. Während sie sprach, erschien die winzige blonde Frau vom Friedhof und setzte sich neben sie.

„Der Geruch ist so überwältigend, dass wir das Gebäude verlassen müssen, wenn sie zu lange hier bleibt", beschwerte sich Elizabeth.

„Finden Sie sie wirklich verlockend?" fragte Francesca. Sie war die Harpyie, die es für eine wunderbar großmütige Geste hielt, eine trauernde Witwe zu töten.

Elizabeth schnaubte. „Bist du auf die Nase gefallen und hast sie dir verletzt, Francesca? Wie könnte eine stinkende Hexe für einen Vampir verlockend sein?"

Dieses Wort schon wieder.

„Das dachte ich mir", antwortete die winzige blonde Frau. „Niemand würde sie beißen wollen und das macht sie zu einer großartigen Kandidatin, um sich um unsere Angelegenheiten tagsüber zu kümmern. Sie könnte uns lange dienen. Für uns arbeiten, ohne eine ständige Verlockung für warmes Blut zu sein. Lassen Sie uns sie nutzen, um sich um all die lästigen Aufgaben zu kümmern, die von früh bis spät erledigt werden müssen." Francesca sah mich an. „Du hast gesagt, du hättest kein Interesse daran zu sterben, richtig?"

Ich antwortete nicht, hauptsächlich weil ich die meiste Zeit der Nacht über geschockt war und meine Lippen vor schierer Furcht versiegelt waren.

„Das ist der absurdeste Vorschlag, den ich je gehört habe", antwortete die Königin. „Eine Hexe! In unserem Haus!"

Aber trotz ihrer Bestürzung wies Elizabeth Swamp mir weniger als zwei Stunden später ein Zimmer in den Katakomben zu.

Und so wurde ich das unterste Mitglied des Vampirclans von Emberbury an einem Ort namens Das Kloster.

***

Emberbury, April 1946

Die Schreie eines Mannes weckten mich.

Ich lebte bereits seit einem Monat bei den Vampiren, und kannte mich inzwischen recht gut in den Katakomben aus. Leise schlich ich zum großen Raum, in dem ich bei meiner Ankunft die Vampirkönigin getroffen hatte. Die Tür stand halb offen und ich erblickte eine kleine Gruppe von Vampiren, die um einen Mann versammelt waren, der auf dem Boden in Embryonalstellung lag und seinen Kopf mit den Armen schützte.

„Wie lange spionierst du uns schon aus?", fragte Elizabeth ihn.

Der Mann jammerte und kauerte sich noch enger zusammen.

„Ich wollte nur einer von euch sein", jammerte er. „Ich verspreche, dass ich keine bösen Absichten hatte."

Elizabeth schnaubte. „Es tut mir leid, dir mitteilen zu müssen, dass ich dir diesen Wunsch nicht gewähren kann. Es gibt nur einen Satz für diejenigen, die sich ungebeten in unsere Angelegenheiten einmischen. Und weißt du, wie er heißt ... Ralph? Es war doch Ralph?"

Der Mann schluchzte. „Bitte, haben Sie Erbarmen. Ich schwöre, ich habe niemandem etwas gesagt."

„Er hat sich seit Monaten in der Nähe des Klosters herumgetrieben. Anfangs haben wir seiner häufigen Anwesenheit nachts auf dem Friedhofsgelände keine große Bedeutung beigemessen, aber heute Abend habe ich ihn dabei erwischt, wie er versuchte einzudringen", sagte eine rothaarige Vampirin. Sie näherte sich dem stöhnenden Mann und trat ihm mit sichtlicher Freude in die Rippen. „Wir hatten heute bereits eine angenehme Unterhaltung darüber, nicht wahr, Ralph?"

„Hast du schon versucht, ihn vergessen zu lassen, Lillian?", fragte Elizabeth ernst. „Du weißt, dass ich keine grundlose Tötung befürworte."

„Ach, natürlich habe ich es mit Vergessen versucht. Aber seine Erinnerungen scheinen zu weit zurückzureichen. Es ist ein hoffnungsloser Fall. Ich schlage vor, wir beenden jetzt einfach sein Leiden."

„Und du wirst dich natürlich freundlicherweise dazu bereit erklären, es zu tun, richtig, Lillian?", fragte Ludovic. Er stand mit verschränkten Armen vor der Brust in einer Ecke.

„Es sei denn, du möchtest es lieber tun, lieber

Ludovic." Lillian lächelte und zeigte dabei deutlich ihre Eckzähne. Überraschenderweise war sie ziemlich groß und ihre Nase war mit Sommersprossen bedeckt, die zusammen mit ihrer blassen Haut den Anschein einer stämmigen, aber dennoch seltsam blutarmen Bauersfrau erweckten.

Ludovic schüttelte den Kopf und zog sich in die Ecke zurück. Elizabeth hob ihren Rock und seufzte ungeduldig.

„Ich ziehe mich jetzt zurück. Ich habe Hunger, aber den Geschmack von Maulwürfen mag ich nicht. Stellt sicher, dass ihr den menschlichen Spion ordentlich entsorgt, Lillian."

Die Königin machte Anstalten zu gehen und ich sah mich hektisch nach einem Versteck um. Schließlich hockte ich mich hinter eine Statue, die sich hinter einer Wendung des dunklen Korridors befand. Ich wusste, dass Elizabeths Gemächer in die entgegengesetzte Richtung führten und hoffte sie würde dorthin gehen. Die Königin verließ den Raum und bog rechts ab, weg von meinem Versteck. Sie bemerkte mich nicht. Als sie verschwand, atmete ich tief aus und sprach ein kurzes Dankgebet.

Die Schreie aus dem Raum wurden unerträglich. Ich schlich zurück an meinen Beobachtungsposten und warf einen Blick auf die Szene im Konferenzsaal.

Wenn ich noch Zweifel an der Existenz von Vampiren gehabt hätte, wären sie in diesem Moment verschwunden.

Lillian riss den Spion regelrecht in Stücke. Sie hatte ihm die Kleider vom Leib gerissen und ihre Eckzähne rissen gnadenlos ganze Brocken nackter Haut heraus. Blut tropfte ihr vom Kinn, während sie an seiner Kehle, den Beinen und Armen saugte und kichernd in einem makabren Ballett um ihn herum tanzte. Dabei achtete sie sorgfältig darauf, ihn bei Bewusstsein zu halten. Sobald er zu schwanken begann, schlug sie ihm ins Gesicht und weckte ihn wieder auf.

„Genug, Lillian!", rief Ludovic und trat eilig ein. „Entleere ihn endlich, ja? Du hast deine Aufgabe getan."

„Lass mich mein Spielzeug genießen, ok? Es ist ja nicht alltäglich, dass ich von Elizabeth die Erlaubnis bekomme, einen Sterblichen in aller Ruhe zu töten."

Ludovic knurrte und stieß Lillian weg. Er hockte sich neben den Mann und brach mit einer schnellen Handbewegung dessen Nacken. Ich hörte ein trockenes Knacken und das Gejammer des Mannes verstummte abrupt, als sein Leben letztlich seinen Körper verließ. Aber so entsetzt ich auch war, konnte ich nicht anders, als einen leisen Seufzer der Erleichterung auszustoßen.

Lillian knurrte und betrat die blutige Masse auf dem Boden mit kaum zurückgehaltener Wut.

„Du!", zischte sie und sah Ludovic mit halb geschlossenen Augen an. „Er war mein zum Töten! Mein!"

Ludovic ignorierte sie und schlenderte zur Tür. Die wütende rothaarige Vampirin setzte sich auf den Hals ihres leblosen Opfers und riss frustriert den Kopf ab. Das Geräusch von brechenden Knochen und reißenden Muskeln war nichts weniger als schauerlich.

„Elizabeth hat ihn mir gegeben!", schrie sie und saugte am kopflosen Körper.

Mir drehte sich der Magen um und ich verspürte den Drang, mich zu übergeben. Leider war keine Zeit dafür: Ludovic war im Begriff, den Raum zu verlassen. Wenn ich nicht schnell genug fliehen würde, könnte er mich beim Schnüffeln erwischen. Ich durchsuchte die Gänge nach einem schnellen Fluchtweg. Mit dem

Rücken an den feuchten Steinmauern entlang schleichend, gelangte ich in den Korridor, der zurück zu meinem Schlafzimmer führte.

„Julia, du kannst jetzt zurück ins Bett gehen und aufhören, deinen Gestank überall in den Gängen zu verbreiten", sagte Elizabeth.

Sie hatte die ganze Zeit im Dunkeln gestanden. Anstatt in ihre Gemächer zu gehen, hatte sie sich zum Zuhören zurückgehalten.

Und jetzt war sie sich bewusst, dass ich alles gesehen hatte.

„Ich bin froh, dass du heute Nacht mit dabei warst", sagte sie mit schneeweißem Lächeln, „denn jetzt weißt du ja, was mit denen passiert, die uns verraten."

***

Emberbury, Mai 1946

Die Wesen nannten ihre unterirdische Behausung Das Kloster und ich fand den Namen recht passend. Nicht nur wegen der gotischen Säulengänge, die in den rötlichen Stein der Wände gemeißelt waren, sondern auch wegen des klösterlichen Lebens, zu dem ich verurteilt worden war, um am Leben zu bleiben.

Es war das Leben einer Klosternonne, jedoch keiner gewöhnlichen: Einer Nonne, deren Mission es war, den sieben verbliebenen Vampiren von Emberbury im höchsten Geheimdienst zu dienen. Sie konnten nicht in der Sonne wandeln und das machte mich in ihren Augen nützlich.

Der Geruch meines Blutes war für die meisten von ihnen aber dennoch absolut widerlich. Elizabeth sagte, ich stänke nach fauligem Koriander und Francesca nannte es einfach Hexen-Geruch. Wie auch immer, das schien ihre Reißzähne von meinem Hals fernzuhalten, was für mich sehr gut war.

Gabriels Anhänger zog oft ihre faszinierten Blicke auf sich. Fast jeden Tag erwischte ich einen Vampir, der auf das silberne Amulett an meinem Hals starrte. Sie betrachteten es, als wäre es der Teufel selbst, kommentierten selten und versuchten nie, es anzufassen. Ich vermutete, dass es eine Verbindung zwischen meinem Amulett und ihrem Glauben geben musste, dass ich eine Hexe sei.

Trotz der Tatsache, dass ich gesehen hatte, wozu diese menschenähnlichen Kreaturen fähig waren, war das Wort Vampir immer noch schwer zu akzeptieren. In meinem Kopf nannte ich sie normalerweise Nachtgestalten und ähnliche Euphemismen. Aber sie benutzten den Begriff mühelos, als würde er keine schrecklichen Bilder von blutigen Morden und Gemetzel hervorrufen.

Und abgesehen von der Szene mit Lillian und dem Spion verhielten sich diese sieben Wesen in meiner Anwesenheit überraschend höflich. Insgesamt zeigten sie bessere Manieren als die meisten gewöhnlichen Menschen, die ich unter der Sonne getroffen hatte.

Es dauerte zwar ein paar Monate, aber ich akzeptierte schließlich mein neues Leben. Immerhin war es nicht viel schlimmer, als in einer Fabrik von Sonnenaufgang bis Sonnenuntergang zu arbeiten und jeden Abend in ein Zimmer zurückzukehren, das nach Moder roch und voller Echos und Erinnerungen an geliebte Verstorbene war.

Die Vampire bemühten sich zudem auch nie sonderlich, mich gefangen zu halten. Es musste wohl ganz offensichtlich sein, dass ich nirgendwo anders hingehen konnte. Und da ich ja bereits wusste, was denen passiert, die auf ihre falsche Seite gerieten, hatte ich absolut nicht vor, ihr nächstes menschliches Spielzeug zu werden. Und das zählte sicher auch für Elizabeth.

Nach einer Weile hörte die Königin auch auf zu würgen, sobald sie mich sah, und begann, mir einfache Aufgaben zu übertragen:

Geh zur Bank.

Kauf mir das vom Markt.

Bring ein Paket an diese Adresse.

Plötzlich durfte ich die Stadt wieder frei erkunden. Die Arbeit war einfach und sie bezahlten mich dafür. Sie gaben mir auch ordentlich zu essen und von Reißzähnen, Blut oder Schlachtungen war keine Rede mehr. Manchmal schwebte aber dennoch ein Rabe über mir, während ich meine Besorgungen erledigte, und ich fragte mich, ob es einer von ihnen war, der patrouillierte und meine Bewegungen beobachtete. Aber an vielen Tagen vertrauten sie darauf, dass ich von selbst zurückkehren würde.

Das tat ich auch immer.

Jede Nacht klopfte dann einer der Vampire an meine Tür und lud mich ein, sie in die Bibliothek oder ins Musikzimmer zu begleiten.

Jedes einzelne Mal lehnte ich ab und dachte daran, was sie wirklich waren.

Aber bis zum Ende des Sommers begannen selbst diese Bedenken nachzulassen. Die Vampire ließen mich in Ruhe, solange ich das tat, was sie von mir verlangten. Sie waren höflich, wenn auch distanziert.

Ich fing sogar an zu denken, dass es vielleicht, wirklich nur vielleicht, ein verdeckter Segen gewesen war, von einem Vampir-Clan entführt zu werden.

Ich vergaß sogar Gabriels leeres Grab und ein paar Mal versäumte ich es, das hungrige, dunkle Loch in meinem Herzen zu füttern.

Man sagt ja, schlafende Hunde soll man nicht wecken und derselben Logik folgend, sollten Leichen am besten in Frieden in Ewigkeit ruhen. Aber aus irgendeinem Grund konnte ich dem Drang nicht widerstehen, das Gespenst zu erwecken, das mich heimsuchte.

Es sollte also keine Überraschung sein, dass ich mich zwischen dem Erwecken von Geistern und dem Tanzen mit dem Tod in einen Untoten verliebe.

Kapitel 3

Julia

Emberbury, August 1946

Die Tür zu meinem Zimmer öffnete sich und Ludovic trat ein, wie immer formell, aber mit einem unerwarteten Geschenk in der Hand.

„*Die dunklen Künste der Magie* von Catalina Kodrinova", rezitierte er feierlich und reichte mir ein abgenutztes und zerfleddertes Buch. Es sah alt und schmutzig aus, aber nicht unbedingt antik.

„Was ist das?", fragte ich und hielt das muffige Buch mit nur zwei Fingern, während ich den goldhäutigen Vampir vor mir ansah.

Ludovic hatte begonnen, mich alle paar Tage kurz zu besuchen – vielleicht um sicherzugehen, dass mich noch niemand verschlungen hatte. Anfangs waren unsere Gespräche steif gewesen, aber langsam waren sie freundlicher geworden. So sehr ich es auch leugnete, ich hatte begonnen, seine Besuche herbeizusehnen. Vielleicht war es einfach nur Einsamkeit, oder vielleicht war da auch etwas an ihm, das das Verlangen nach Dunkelheit in mir weckte.

„Ich dachte, Sie könnten sich für diese Lektüre interessieren. Es war in unserer Bibliothek, obwohl ich nicht weiß, wie es dort gelandet ist."

„Ein Buch über Zauberei?", fragte ich, wobei ich überrascht die Augenbrauen hob. „Ich habe in meinem Leben noch nie einen Zauber gewirkt."

Er zog skeptisch eine Augenbraue hoch. „Dann wird es vielleicht Zeit, dass Sie damit anfangen", sagte er völlig ernst. „Ist das nicht das, was Hexen machen? Menschen in Frösche verwandeln? Regen herbeizaubern, wenn Dürre herrscht?"

Ich fragte mich, ob er das wirklich glaubte oder ob er nur versuchte, auf seine Art witzig zu sein – auf seine Vampir-Art.

„Klingt aufregend, aber … ich bin nicht gerade eine Zauberkünstlerin."

Seit meiner Ankunft im Kloster ließ ich sie glauben, ich sei eine Hexe, die vergessen habe, wie man Magie wirkt. Immerhin war es ihre Idee gewesen, nicht meine. Solange es mich am Leben hielt und satt machte, störte es mich nicht, bei ihrem Spiel mitzumachen.

Der Vampir riss mir das Buch aus den Händen und schlug es wahllos auf, während er sich auf den Stuhl neben mir setzte.

„So schwer kann das ja nicht sein", sagte er und blätterte durch die vergilbten Seiten. „Sieht für mich aus wie ein Kochbuch."

Ludovic zeigte auf einen beliebigen Absatz und begann, laut zu lesen: „Um einen verlorenen Vertrauten zu finden, mische einen ganzen Topf gekochter Mäuseohrmilben mit zwei Unzen goldenem Meteoritenpulver und rühre bei Neumond bis zum Morgengrauen um. Begrabe die Mischung in den Ställen eines Königs und beobachte, wie deine Wünsche innerhalb von fünf Tagen wahr werden."

Ich schnaubte und seine Lippen kräuselten sich zu einem entschuldigenden Lächeln. „Ich könnte Ihnen die Mäuseohrmilben besorgen", murmelte er mit einem Schulterzucken.

Manchmal konnte er wirklich süß sein, dachte ich zuerst.

Er ist aber ein Vampir, dachte ich als Nächstes und seufzte unwillkürlich, als ich mich daran erinnerte, wie er dem Spion, ohne mit der Wimper zu zucken das Genick gebrochen hatte.

„Leichter, Mäuseohrmilben zu finden als Schokolade in der Nachkriegszeit, würde ich wetten", sagte ich. „Wissen Sie was? Ich werde es lesen. Ich habe in französischen Kochbüchern schwierigere Rezepte gesehen."

„Kennen Sie französische Kochbücher?", fragte er mit erstauntem Kopfschütteln.

„Na ja, zumindest mehr als die meisten Leute." Ich zuckte mit den Schultern. „Mein Vater war Bäcker, und ich war seine Gehilfin."

„War er das? Wie faszinierend. Ich würde wirklich gerne mehr darüber hören", sagte er und lehnte sich in meine Richtung. „Ich habe mich nämlich schon oft gefragt, welche Innovationen in den letzten Jahrhunderten in der kulinarischen Welt aufgetaucht sind."

„Warum sollte ein Vampir sich für Essen interessieren? Ich dachte, ihr esst nur eine Sache."

"Sie würden überrascht sein, aber die meisten Vampire führten bevor sie, nun ja, blass und beängstigend wurden, ein konventionelles, langweiliges Leben." Er hielt inne und wog seine Worte ab: „Und ich mag Süßigkeiten trotzdem immer noch."

„Ach, wirklich?", fragte ich ungläubig. „Was ist überhaupt ein Vertrauter?", fragte ich, während ich an den gerade gelesenen Zauber dachte. „Ist das so etwas wie ein Familienmitglied?"

Soweit ich weiß, ist ein Vertrauter normalerweise ein Familienteil einer Hexe, ja. Aber nicht von einer menschlichen Familie."

„Aha. Nun, wenn ich so darüber nachdenke … könnte es mir möglich sein, diesen Zauberspruch zu nutzen …"

Gabriel finden.

„Ich bin mir nicht sicher, ob der Zauber mit Verstorbenen funktionieren würde", sagte er vorsichtig und erriet, woran ich dachte. „Oder überhaupt mit Menschen. Vertraute sind Geister mit der Gestalt eines Tieres."

„Na ja, wenn das Buch *Die dunklen Künste der Magie* heißt, sollte es doch unheimliche Dinge bewerkstelligen können, oder nicht? Mir fällt nichts Dunkleres ein, als mit Toten zu arbeiten."

Seine Augen lächelten leicht und ich konnte nicht anders, als auf seine charmante Antwort zurückzulächeln.

„Sehr gut." Er nickte. „Lassen Sie uns einen Kompromiss finden."

„Was für einen Kompromiss?", fragte ich neugierig, als er aufstand. Er reichte mir seine Hand zum Schütteln und ich ergriff sie. Sie war kalt, aber seine Berührung war angenehm, fast elektrisierend.

„Hören Sie auf, sich hier ganz allein zu verstecken und schließen Sie sich uns in der Bibliothek an", sagte er und führte mich aus dem Zimmer, als ob wir gleich tanzen würden, „und im Gegenzug werde ich einen ganzen Topf gekochter Mäuseohrmilben für Sie finden. Dann brauchen Sie nur noch etwas goldenes Meteoritenpulver und ich wage zu sagen, dass Elizabeth mindestens einen Stall besitzt, in dem Sie die Mischung begraben könnten. Sie kommt nälich in diesem gottverlassenen Emberbury einer Königin am nächsten."

***

In jener Sommernacht betrat ich zum ersten Mal seit meiner Ankunft im frühen Frühling die Bibliothek und gesellte mich zu den Vampiren.

Die Archive des Klosters waren ein unterirdisches Wunder, vergleichbar mit einer gut ausgestatteten öffentlichen Bibliothek, nur raffinierter und ruhiger. Reihen über Reihen von Büchern erstreckten sich im ganzen Raum. Er war kathedralenförmig und erreichte eine beträchtliche Höhe über dem Boden. Ich fragte mich, ob es hier auch Kochbücher oder Chemiebücher gab. Beides hatte mich schon immer fasziniert und kam mir merkwürdig ähnlich vor, aber ich hatte nie das Geld, um eines zu kaufen.

Auch Francesca, meine Gefangenen-Retterin, war da. Sie saß auf einem bequem aussehenden Sofa und trug ein schneeweißes Kleid, das eher für eine Braut geeignet gewesen wäre – eine Vampir-Braut, die schon seit mindestens einem Jahrhundert tot sein sollte.

„So, du bist endlich aus deinem Versteck gekommen", bemerkte sie beiläufig und legte ein obskures Buch über Musiktheorie beiseite.

Ich runzelte die Stirn und weigerte mich, auf so eine Provokation zu reagieren. Schließlich hatte ich mich nicht aus eigenem Antrieb in diese Höhle gegraben. Francescas erster Eindruck hatte viel damit zu tun.

„Warum setzt du dich nicht neben mich?"

Francesca klopfte auf einen freien Platz neben sich auf dem Sofa. „Ich mag es, die Wärme einer Sterblichen zu spüren. Es fühlt sich so gemütlich an."

Ja, ganz hervorragend. Das war wirklich einladend. So sehr ich es auch zu verbergen versuchte, ich empfand immer noch Groll gegen sie, weil sie in der ersten Nacht im Wald versucht hatte, ihre Fänge in meinen Hals zu bohren.

„Ich sitze lieber auf meinem eigenen Stuhl, aber danke."

Ich ließ mich auf den am weitesten entfernten Sitz fallen und schlug die ersten Seite von *Die dunklen Künste der Magie* auf. Vielleicht war es doch keine so gute Idee, sich ein Zimmer mit einer Frau zu teilen, die versucht hatte, mich zu töten. Zumindest war das Grimoire groß genug und schuf eine angenehme Barriere gegen die unberechenbare Francesca.

„Wie ich sehe, bist du immer noch böse auf mich", stellte sie in sanftem Ton fest.

„Wären Sie es nicht auch, wenn Sie an meiner Stelle wären?"

Sie ließ ihr Buch in ihren Schoß fallen und blinzelte mich groß an. „Du hast mit einem leeren Grab gesprochen. Du hast selbst gesagt, dass du sterben wolltest. Warum sollte ich bedauern, deine Wünsche erfüllt zu haben?"

„Woher wussten Sie, dass Gabriels Grab leer war?", fragte ich und ignorierte den letzten Teil ihrer Rede.

Francesca lehnte sich auf dem Sofa zurück. „Das können wir spüren."

Ja, Gabriels Name war auf dem Reighton-Mausoleum eingraviert gewesen, aber sein Körper war nie nach Hause zurückgekehrt. Ich war allein gelassen worden, nur mit einem Brief von der Armee, einem Anhänger, den ich nie zuvor gesehen hatte, und einem leeren Grab, an dem ich weinen konnte.

„Er ist in Italien gestorben", sagte ich und fühlte ein drängendes Bedürfnis, meine Seele zu leeren und das zu beenden, was ich in jener Nacht auf dem Friedhof hatte tun wollen.

„Seine Überreste sind also dort geblieben?", fragte sie interessiert und wechselte den Platz, um sich mir zu nähern.

„Ja, vermutlich", sagte ich langsam. Ludovic näherte sich uns und setzte sich in den Sessel direkt neben mir. Beide Vampire lehnten sich interessiert zu mir und ich stockte einen Moment, bevor ich weitersprach. „Sie haben ihn nie wirklich gefunden. Es gab eine Explosion und an jenem Tag starben viele Soldaten. Sie fanden Gabriels Namensschild in der Gegend und seinen Helm. Später meldete sich ein überlebender Sergeant bei mir und übergab mir die wenigen persönlichen Dinge, die er in der Kaserne zurückgelassen hatte, einschließlich dieses Anhängers." Ich drückte die Kette in meiner Hand und spürte ihre beruhigende Präsenz.

„Seine Leiche wurde also technisch gesehen nie gefunden."

„Viele Leichen wurden nie gefunden", sagte ich müde, „aber wo könnte er sonst sein?"

„Und du hast diesen Anhänger nie zuvor gesehen?" Francesca wies auf meinen baumförmigen silbernen Anhänger, ohne ihn zu berühren.

„Ich kann die Verbindung zwischen einem Schmuckstück und dem Verschwinden meines Mannes nicht wirklich nachvollziehen."

Dann rutschte ich unruhig auf meinem Stuhl hin

und her und die Geschwister warfen sich einen bedeutungsvollen Blick zu.

„Vielleicht gibt es eine Verbindung, vielleicht auch nicht", sagte Francesca bedächtig und starrte mysteriös in die Augen ihres Bruders. „Findest du es nicht seltsam, dass du dieses Ding nie zuvor gesehen hast?"

Ich zuckte mit den Schultern. „Wir waren erst ein paar Wochen verheiratet, bevor er ging, und er starb mehrere Monate später. Sie verstehen sicher, dass ich nicht die Zeit hatte, um viel über ihn zu erfahren."

„Ich denke, du solltest die Angelegenheit definitiv etwas genauer untersuchen. Vielleicht Italien besuchen. Selbst gucken", sagte Francesca sachlich, und ich musste auf ihren Einfallsreichtum hin prusten.

„Und wie soll ich das machen? Soll ich mich einfach in einen Raben verwandeln und über den Ozean fliegen?"

„Wir könnten vielleicht helfen", sagte Francesca und nahm Ludovics Hand.

„Das letzte Mal, als ihr mir helfen wolltet, habt ihr beinahe all das Blut in meinen Adern ausgesaugt. Nein, danke", sagte ich und runzelte die Nase.

An der Art, wie sie schmunzelte, war deutlich zu erkennen, dass sie keinerlei Reue empfand.

„Wir kennen jemanden in Italien", sagte Ludovic und sprach zum ersten Mal. „Wir könnten sie bitten hinzugehen und nachzusehen, wenn Sie ungefähr wissen, wo es passiert ist."

„Und warum sollten Sie das tun?", fragte ich und verschränkte die Arme über dem immer noch offenen Hexenbuch.

„Um Ihnen dabei zu helfen, abschließen zu können", sagte er mitfühlend nickend.

Emberbury, September 1946

Das Buch *Die dunklen Künste der Magie* von Catalina Kodrinova erwies sich als ein nachdenklich stimmendes und dennoch verwirrendes Leseerlebnis.

Von Zaubersprüchen, um sich in eine Fledermaus zu verwandeln und Feinde auszuspionieren bis hin zu Zaubertränken, die einen Prinzen sich hoffnungslos in dich verlieben lassen konnten, hatte Kodrinova so ziemlich alles abgedeckt, was eine aufstrebende Hexe des Mittelalters gebraucht hätte, um sich um eine sehr bunte Klientel zu kümmern – und um sich selbst.

So schade, dass die meisten Zutaten in der heutigen Zeit schlichtweg unmöglich zu beschaffen waren.

Ich lag auf meinem Bett und blätterte durch das Grimoire, um den einfachsten Zauber von allen zu finden. Einen, für den ich Materialien in dem modernen Emberbury beschaffen könnte. Nach einer kurzen Suche entdeckte ich einen mit dem Titel *Grüne Lumineszenz*.

Nicht gerade meine Lieblingsfarbe, aber es schien einfach genug zu sein.

„Dieser Zauber wird nützlich sein, um unterirdische Durchgänge und Höhlen zu erhellen. Benutze ihn sparsam, denn er kann die Sicht und die inneren Organe des Zauberers schädigen. Einmal im Blauen Mond kann er nützlich sein, um die Hände eines Rivalen zu verbrühen. Lass das Leuchten niemals über längere Zeiträume brennen."

Ich bezweifelte, dass überhaupt irgendetwas anfangen würde zu leuchten, also machte ich mir keine allzu großen Sorgen, meine Sicht oder Organe durch übermäßigen Gebrauch von Magie zu schädigen. Als Bonus waren die einzigen benötigten Zutaten eine Kerze und ein Stein, und ich wusste, wo ich beides bekommen konnte.

Ich würde einfach so tun, als wäre es ein Kochbuch, genau wie Ludovic vorgeschlagen hatte.

Am nächsten Abend setzte ich mich dann an meinen Schreibtisch, öffnete das Zauberbuch und legte einen Stein vom Friedhof Saint Anne und eine brandneue weiße Kerze bereit. Ich las die magischen Worte und ging wie angeleitet vor. Um den Zauber zu vollenden, hielt ich den Stein über die Kerzenflamme und flüsterte die magischen Worte: „Viridi Lux", dann wartete ich auf meine verzauberte Fackel.

Ich glaubte nicht, dass irgendetwas passieren würde.

Aber dann umhüllte ein sanfter grüner Schein den Stein und das Kerzenlicht erlosch mit einem Klang, der einem leisen Seufzer ähnelte.

Der Stein leuchtete!

Erstaunt nahm ich den Stein in beide Hände und spürte einen Stoß, als er meine Haut berührte. Mit erloschener Kerze machte sich Dunkelheit in dem Raum breit und die einzige Lichtquelle war der kleine Gegenstand, der auf meinen Handflächen schimmerte. Ich starrte ihn ehrfürchtig an und versuchte, ihn erneut zu berühren. Dieses Mal verbrannte er meine Finger ein wenig. Als ich das grüne Licht direkt ansah, tränten mir die Augen, also drehte ich den Kopf zur Seite. Der Schein mochte zwar sanft sein, aber er hatte definitiv etwas Ätzendes an sich: etwas Gefährliches.

Die grünliche Lumineszenz mit ihrer ätzenden Wirkung erinnerte mich an die Geschichte einer anderen Frau, die ihr Leben lang auf glühende tödliche Dinge gestarrt hatte, bis zu ihrem allerletzten Tag. Eine Frau, von der ich zum ersten Mal las, während ich darauf wartete, dass der Baguette-Teig aufging.

„Ist das etwa Magie?", hatte ich meinen Vater oft mit großen Augen gefragt, wenn das Wunder der Hefe aus Mehl Brot machte.

„Keine Magie, nur Wissenschaft", hatte er stets geantwortet und damit angedeutet, dass Wissenschaft etwas viel weniger Bemerkenswertes sei. Er war wütend auf die Wissenschaft, weil sie meine Mutter und meinen kleinen Bruder nicht retten konnte.

Schon ganz früh, wann immer er mir im Geschäft half, meldete ich mich freiwillig, um Teigzutaten zu mischen und abzumessen. Kuchen und Zuckerguss waren meine Favoriten, weil sie äußerste Präzision erforderten. Während andere Mädchen davon träumten, Babys zu wiegen, fantasierte ich davon, Wissenschaft zu betreiben, was auch immer das war. In meiner Vorstellung kombinierte ich geheime Zutaten und fand eine Heilung für alle Leiden der Welt. Während ich königlichen Zuckerguss für eine noble Hochzeitstorte oder den Geburtstag eines wohlhabenden Industriellen anrührte, wurde die Schüssel zu einem Erlenmeyerkolben, randvoll mit wunderbaren Verbindungen, die alle Kinder des Universums vor Leiden retten würden.

Mit elf Jahren las ich auf der Titelseite von meines Vaters Zeitung eine Schlagzeile über eine Frau namens Marie Curie. Der Artikel handelte vom Tod einer angesehenen Dame, die darunter in Schwarzweiß abgebildet war, und sie nannten sie eine

Wissenschaftlerin. Ich stahl ihm die Zeitung und las den Artikel heimlich im Lagerraum der Bäckerei, ganz erstaunt darüber, dass Wissenschaft tatsächlich eine Karriere war. Aber nicht nur das, weibliche Wissenschaftlerinnen existierten tatsächlich außerhalb meiner kindlichen Vorstellungen.

Von da an sagte ich mir, ich würde so wie sie werden. Ich würde mein eigenes Labor haben und Dinge zum Leuchten, Explodieren, Erscheinen und Verschwinden bringen.

Aber natürlich war es für die Tochter eines Bäckers aus einer kleinen Stadt, der noch nicht einmal ein eigenes Geschäft hatte, undenkbar, zur Universität zu gehen. Mein Vater war nur Angestellter und als die Bäckerei schloss, konnte er es sich nicht einmal leisten, mich auf eine anständige Backschule zu schicken, geschweige denn auf eine Universität. Am Ende stand ich hinter den Montagebändern, genau wie der Rest meiner Klassenkameraden, und träumte von all den Erkenntnissen, die ich nie entdecken würde.

In jener Nacht im Kloster, als ich einen leuchtenden Stein in der Hand hielt, fühlte es sich an, als wäre mein Traum gerade endlich wahr geworden. Vielleicht war ich nicht so eine Wissenschaftlerin wie Marie Curie, aber ich könnte eine Alchemistin werden. Eine Zauberin.

„Ist das so, wie es sich angefühlt hat, Madame Curie?", fragte ich ihren Geist, falls sie mich hören konnte. „Etwas Magisches entdecken? Etwas anschauen, das vorher noch niemand gesehen hat?"

Das Geräusch eines raschelnden Umhangs unterbrach meine Tagträumerei und ich drehte mich um, um Ludovic dabei zu beobachten, wie er den leuchtenden Stein anstarrte.

„Wer ist Madame Curie?", fragte er.

„Eine Frau, die Steine zum Leuchten gebracht hat", antwortete ich träumerisch. „Nur hat sie dafür nicht einmal Magie gebraucht."

Ich bezweifelte, dass Ludovic je von ihr gehört hatte, so abgeschnitten wie er in seiner unterirdischen Katakombe lebte.

„Ich weiß, wer sie war", sagte er und überraschte mich, „ich hatte nur nicht erwartet, dass Sie es wissen."

Ich verdrehte wegen seines Kommentars die Augen und er lächelte. Dann streckte er die Hand aus, um den Stein zu berühren, aber seine Hand zuckte schnell zurück und auch er zuckte sichtlich überrascht zusammen.

„Es sticht, ja", sagte ich und zuckte entschuldigend mit den Schultern.

„Wie haben Sie das geschafft?", fragte er und zeigte auf das übernatürliche grünliche Licht über dem Schreibtisch.

„Ich weiß es nicht", antwortete ich ehrfürchtig, „ich habe einfach die Anweisungen im Grimoire befolgt. Sie haben gesagt, es sei wie ein Kochbuch, also habe ich es auch so behandelt. Das war das einzige Rezept, für das ich alle Zutaten hatte. Ich dachte nicht, dass es funktionieren würde, aber ... es hat funktioniert."

„Also sind die Zauber wirklich real", sagte er bewundernd und strich mit den Fingern über meinen Arm. Diesmal vermied er das trügerische Stück Kieselstein.

„Sind sie das?", flüsterte ich.

„Wie faszinierend", murmelte er beeindruckt. Als ich seinem Blick folgte und ihn auf meinen Händen fand, war ich mir nicht wirklich sicher, ob seine

Bewunderung dem magischen Gegenstand oder der neu geprägten Zauberin galt.

***

Nach jener magischen Nacht, in der ich meinen ersten Zauber gewirkt hatte, verbrachte ich viele Stunden mit der Nase in Kodrinovas Grimoire, machte Notizen und suchte nützliche Fertigkeiten, die ich erlernen konnte. Schon bald wurde mir klar, dass ich, wenn ich einen gewöhnlichen Stein zum Leuchten bringen konnte, auch die Kraft haben könnte, viel größere Dinge zu erreichen.

Wie zum Beispiel herauszufinden, was mit Gabriel geschehen war.

Oder bahnbrechende Entdeckungen zu machen.

Ich würde annehmen, was auch immer als Erstes kommen würde.

Aber bisher schien die leuchtende Lumineszenz die einzige Beschwörung zu sein, die keine Zutaten enthielt, die so abwegig waren wie einbeinige Fledermauszähne oder südpolynesische schwarze Doppelperlen.

Nur der Teil mit den Zutaten war immer noch absolut frustrierend.

Eine Standuhr schlug in der Ferne Mitternacht. Ich las seit Stunden und trotz meiner Müdigkeit entzog sich mir der Schlaf.

Die Vampire waren wahrscheinlich unterwegs, aber niemand hatte mir verboten, frei durch das Kloster zu gehen. So beschloss ich, spazieren zu gehen und meine Beine zu dehnen. Vielleicht würde mich das ein wenig schläfriger machen.

Während ich also so durch die stillen Flure ging,

erinnerte ich mich an die Nacht, als Lillian vor meinen Augen einen Mann gefoltert hatte. Schwermütig fragte ich mich, wie ich so gleichgültig gegenüber der Natur der Kreaturen geworden war, mit denen ich ein Dach teilte. War ich zu einer modernen, weiblichen Version von Draculas Renfield geworden? Was war aus dem kleinen Mädchen geworden, das einst davon geträumt hatte, Leben zu retten und kranke Kinder zu heilen?

Die Antwort war ganz einfach: Sie war von Armut, Krieg und Hunger erdrückt worden. Sie war von einer äußeren Welt niedergetrampelt worden, die so rücksichtslos war, dass sie schlimmer war als das Leben mit einem Clan potenzieller Schlächter unter einem Friedhof.

Zumindest war es ein hübscher Friedhof, im Gegensatz zu den Wohnungen, in denen ich bis dahin gelebt hatte.

Geräuschlos marschierte ich einen der Gänge entlang und starrte auf die steinernen Wände, die mit künstlerischen Ölgemälden und Wandteppichen behangen waren. Einige Statuen schienen sogar aus purem Gold gemacht zu sein. Nur das Fehlen von Fenstern und natürlichem Licht verriet die ungewöhnliche Natur der Bewohner des Klosters.

Eine der Türen stand einen Spalt offen. Neugierig näherte ich mich und drückte die Klinke.

Ich fand mich am Eingang einer elegant eingerichteten Nische wieder, mit einem Schreibtisch genau wie meinem. An dem Tisch saß Ludovic mit dem Kopf in einer riesigen Europakarte vergraben. Das Papier lief über die Seiten des Tisches und erstreckte sich über die Hälfte des Raums wie ein Teppich.

Der Boden war mit alten Zeitungen bedeckt, einige aufgeschlagen, einige nicht. Ein kurzer Blick auf die Schlagzeilen bestätigte meinen Verdacht, dass alle mit Schlachten verbunden waren, die von 1944 bis 1945 im Süden Italiens stattgefunden hatten.

„Bitte, treten Sie ein", sagte Ludovic, zwar überrascht von der Störung, aber offensichtlich nicht verärgert. Er markierte einen Punkt auf der Karte mit einem polierten Edelstein und stand auf, um mich zu empfangen. „Ich habe nicht erwartet, Sie um diese Uhrzeit noch wach anzutreffen. Aber es ist schön, dass Sie gekommen sind. Ich habe gerade an Ihrem Fall geforscht."

Das Wort „Fall" klang eigenartig, als er es aussprach. Es mochte sein merkwürdiger Akzent sein oder vielleicht, ganz vielleicht, lag ein leicht bitterer Klang in seiner Stimme.

Der Raum war außergewöhnlich kühl, und ich zog an den Seiten meines dünnen Cardigans, um gegen den kalten Luftzug anzukämpfen, der unter der Tür hervorkam.

„Ihnen ist sicherlich kalt", bemerkte er mein Unwohlsein und zog seinen Umhang aus. Er hüllte mich in das weiche Kleidungsstück und sein Duft nach Bergamotte umhüllte mich ebenfalls.

„So ists besser", sagte er und nickte zufrieden. „Entschuldigen Sie den Luftzug."

Ich hockte mich auf den Boden und blätterte durch dutzende Karten und Zeitungen.

„Ich sehe, dass Sie es ernst gemeint haben, mir zu helfen, Gabriel zu finden", sagte ich erstaunt. Es war bemerkenswert, dass er all diese Nachforschungen allein durchgeführt hatte und es nicht einmal für erwähnenswert hielt. „Warum tun Sie das?"

„Weil Sie sonst immer Zweifel haben werden", sagte er, seine Worte abwägend. „Sie werden nicht in der

Lage sein, wirklich neu anzufangen, bis Sie dieses Kapitel Ihres Lebens abschließen können."

Mit geschlossenen Augen nickte ich, erstaunt darüber, wie gut er mich verstand. So sehr ich mich auch weiterentwickeln wollte, die Ungewissheit darüber, was mit Gabriel geschehen war, machte es schwer, sich auf Neues zu konzentrieren, sei es Arbeit, Magie oder …

Ludovic setzte sich auf seine Fersen neben mich und begann, die Papiere ordentlich zu stapeln, während er seinen Blick auf meine gerichtet ließ.

„Danke", flüsterte ich, mich noch enger in den weichen Umhang hüllend. Das ließ mich an seine Arme denken, die mich umschlangen, und ich errötete.

„Es wäre schade, der Welt die erste Konditorin zu nehmen, der leuchtende Kuchen backen kann", sagte er mit einem liebevollen Lächeln.

„Es war nie mein Traum, Konditorin zu werden, aber trotzdem danke", antwortete ich und bewegte mich in seine Richtung, wie von einem unsichtbaren Magneten angezogen.

„Also, was wollten Sie denn dann werden?" Sein Kopf war geneigt, sein Blick erwartungsvoll.

„Ich dachte, ich wollte Wissenschaftlerin werden, aber vielleicht würde Alchemistin besser zu mir passen. Damals wusste ich nur noch nichts von dieser Möglichkeit." Ich warf einen Blick auf die vielen Bücher in seinen Regalen und fragte mich, ob es möglich wäre, sie alle in einer menschlichen Lebensspanne zu lesen. Wahrscheinlich nicht.

„Ich mag Alchemisten", sagte er herzlich. „Sie verwandeln alles in Gold."

„Und sie können Elixiere für die Unsterblichkeit brauen", fügte ich träumerisch hinzu. Nicht dass er das nötig hatte.

Ein Klopfen an der Tür ließ uns abrupt aufstehen und der Zauber des Moments verging. Francesca trat ein, trug einen Tellerrock, der breiter war als der Türrahmen; ein kurzer viktorianischer Umhang und eine Haube ließen sie wie eine verlorene Zeitreisende aussehen.

„Mein Bruder", sagte sie, „lass uns gehen. Du musst durstig sein. Ich weiß, dass ich es bin."

Ludovic lächelte schwach und nahm meine Hand, um mir zu helfen, galant aufzustehen. „Lass mich Julia zuerst zu ihrem Zimmer begleiten", sagte er.

Wir gingen schweigend und er verabschiedete sich mit einer Verbeugung. Als er ging, beobachtete ich die Tür und dachte gedankenverloren darüber nach, wem seine Lippen gerade in den Hals fuhren. Für einen flüchtigen Moment wünschte ich, es wäre meiner. Den Kopf schüttelnd, verwarf ich solche schaurigen Fantasien mit einem frustrierten Stöhnen.

Ich schlief viel später ein, gleich nachdem das Geräusch von Schritten erneut die Flure füllte. Das letzte, was ich hörte, bevor ich die Augen schloss, war das leise Lachen beider Geschwister, als sie an meiner Tür vorbeihasteten.

Kapitel 4

Julia

Emberbury, Oktober 1946

Es war ein kühler Herbsttag in Emberbury, den ich damit verbrachte, Erledigungen zu machen und meine neue Art der Fortbewegung zu genießen.

Elizabeth hatte vorgeschlagen, dass ich mir ein Fahrrad kaufen sollte und ich stimmte dem gerne zu. An diesem Tag fühlte ich mich großartig, als ich zum ersten Mal auf meinem brandneuen roten Porteur fuhr. Das Fahrrad hatte einen wunderschönen Stahlträger vorne und einen großen, praktischen Korb, um darin Lebensmittel und Pakete zu transportieren, was für meine Arbeit sehr praktisch war. Der Himmel war stahlgrau und drohte mit Regen, während ich versuchte, mögliche tödliche Pfützen zu vermeiden. Rauchige Schornsteine und bevorstehende Stürme parfümierten die strenge Herbstluft. Ich hatte mich immer noch nicht an die Stadt gewöhnt und oft vermisste ich mein Heimatdorf, Saint Emery, und seine friedlichen Straßen. Aber Emberbury hatte seinen eigenen Charme, zusätzlich zu den hunderten Geschäften und verfügbaren Produkten, die man kaufen konnte, wenn man zufällig das Geld besaß, das ich plötzlich zum ersten Mal in meinem Leben hatte.

Ludovic hatte mich gebeten, alte Zeitungen aus

dem Sommer 1944 zu besorgen. Er hatte von einer Buchhandlung in der Innenstadt von Emberbury gesprochen, die zwei Zwillingsbrüdern gehört. Sie waren dafür bekannt, dass sie die Fähigkeit hatten, so ziemlich jede Veröffentlichung, alt oder neu, zu finden, solange noch eine gedruckte Ausgabe davon auf der ganzen Welt existierte.

Ich kaufte mir ein Sandwich von einem Wagen am Straßenrand und fragte den Verkäufer nach dem Weg. Die Buchhandlung war aber nicht leicht zu finden, trotz ihrer beträchtlichen Größe. Es war spätnachmittags, als ich endlich das schmale Schild über dem Eingang entdeckte, auf dem der Name Rare Books Brothers Sheen in zarten goldenen Buchstaben stand. Der Laden hatte viele Fenster, aber sie waren alle geschlossen und mit halb heruntergelassenen Jalousien verdunkelt. Vermutlich, um die Sonne daran zu hindern, die alten Bücher, die sie führten, zu beschädigen.

Es saßen zwei identische Männer hinter der Theke, beide mit mausgrau-kastanienbraunem Haar, mit Gel glatt nach hinten frisiert, staubigen Krawatten und abgetragenen braunen Jacken, die offensichtlich schon mal bessere Tage gesehen hatten. Sie mussten die Sheen-Brüder sein.

Einer von ihnen markierte eine Seite in seinem Buch und stand auf, um mich zu begrüßen. „Guten Morgen, Mrs., wie kann ich Ihnen helfen?"

Derweil las der andere weiter und nahm keine Notiz von mir. Ich bemerkte, dass die Theke selbst eine geschnitzte Holzarbeit für sich war, mit einer Arbeitsplatte aus Glas. Unterhalb davon hatten die Sheens eine Auswahl antiker Juwelen und Ornamente ausgestellt. Die Objekte waren vielfältig, von einem goldenen Füllhorn bis hin zu einer winzigen bronzenen

Venus. Es gab auch ein paar alt aussehende Kästchen, die so ziemlich alles enthalten könnten – vielleicht sogar etwas goldenes Meteoritenpulver für einen Zauber. Alle Gegenstände hatten außerdem Preisschilder, was bedeutete, dass sie zum Verkauf standen.

„Ich suche alte Zeitungen", sagte ich zu dem Buchhändler, „insbesondere solche, die im Sommer 1944 veröffentlicht wurden. Ich interessiere mich zudem für jede Nachricht, die Sie über Schlachten finden können, die rund um Bari, Italien, stattfanden."

Mr. Sheen betrachtete mich mit zusammengekniffenen Augen, nahm meine von Kopf bis Fuß dunkle Kleidung wahr und nickte.

„Verstehe", sagte er, „ich bin mir nicht sicher, ob ich hier etwas habe, aber ich könnte sie für Sie besorgen, wenn Sie ein paar Wochen warten können."

„Zeit ist kein Problem", sagte ich.

Soweit ich wusste, würde Gabriel nirgendwo hingehen.

„Ich rufe mal jemanden an und bitte schauen Sie sich währenddessen doch gerne unsere Buchauswahl an", sagte er und zeigte auf die verlockenden Haufen nach alten Büchern riechender Bände um uns herum. „Wenn Sie etwas brauchen, können Sie Ed fragen." Er deutete auf den lesenden Mann, der nicht einmal den Kopf hob, um mich Kenntnis zu nehmen. „Ich bin übrigens Stan."

Stan schüttelte mir die Hand und verschwand durch eine Tür hinter der Theke.

Die Sheens hatten gute Arbeit geleistet, Bücher aus allen Himmelsrichtungen zu sammeln. Sie hatten sogar ausländische Veröffentlichungen in den Regalen: alte griechische und lateinische Titel sowie Enzyklopädien, die so dick waren, dass sie ausgereicht hätten, ein großes Familienhaus zu heizen, indem man sie an den kältesten Wintertagen einen Band nach dem anderen verbrannte.

Das Nachdenken über Bücherverbrennungen erinnerte mich plötzlich an Hexenverträge. Wenn es eine Buchhandlung in Emberbury gab, die solche führte, dann musste es Rare Books Brothers Sheen sein. Vielleicht hatte ich ja Glück und fand etwas Analoges zu meiner täglichen Lektüre, *Die dunklen Künste der Magie*. Und hoffentlich würden sie für die Zauber auch leichter zu findende Zutaten verwenden.

So ging ich an zwei Regalgängen mit den Aufschriften „Antike Geschichte" und „Mystery Romane" vorbei und scannte schnell jedes der Etiketten in den hohen Holzregalen. Bald merkte ich aber schon, dass es keine eigene Abteilung für Hexenbücher gab.

„Wonach suchen Sie?"

Zu meiner großen Überraschung hatte Ed Sheen seine Ferngläser von der Seite genommen und stand neben mir, die Arme verschränkt und einen ausgesprochen genervten Blick im Gesicht.

„Haben Sie etwas von Catalina Kodrinova?", fragte ich zögerlich.

Falls nicht, würde er zumindest das Genre nicht erkennen und mir viel Peinlichkeit ersparen.

Ein Augenlid von Ed zuckte mehrmals unwillkürlich. Dann drehte er sich um und ging ungeschickt in eine Ecke des Ladens. Schließlich hockte er sich vor einen kleinen Schrank auf Bodenhöhe und öffnete ihn für mich.

„Schauen Sie mal hier rein. Ich wette, diese Titel könnten Ihrem Geschmack entsprechen."

An den Innenseiten der Türen war ein fast unsichtbares Metallschild geschraubt, auf dem praktischerweise „Okkultismus" stand. Ich hockte mich vor den kleinen Schrank neben Mr. Ed Sheen und warf einen schnellen Blick auf die Titel darin.

Wie man Geister beschwört und unerwünschte Geister vertreibt
Der ethische Leitfaden für Nekromanten
Liebesfilter und Zaubertränke
Memoiren von Viorel dem Magier
Übernatürliche Geschichten von Feen und Drachen

Trotz der exorbitanten Preise übermannte mich fast das Bedürfnis, sie alle zu besitzen.

„Ähm …, zögerte ich und beobachtete, wie Ed Sheen den Mund zu einer fast schon frechen Grimasse verzog. „Gibt es eines, das Sie besonders empfehlen würden?"

„Kommt darauf an, wofür", knurrte Mr. Sheen zurück und strich mit den Fingern über die Buchrücken. Er warf mir einen seitlichen Blick zu und seine Augen blieben an meinem Anhänger hängen. Sein Atem roch deutlich nach rohem Knoblauch und der Gestank ließ mich einen Schritt zurücktreten.

„Um verlorene Dinge zu finden vielleicht?", wagte ich mich vor, ohne dabei mehr Informationen preiszugeben als nötig.

„Versuchen Sie es mit diesem hier", sagte er mürrisch und drückte mir die *Memoiren von Viorel dem Magier* in die Hände.

„Danke", sagte ich und eilte zur Theke, um der Nähe des Mannes zu entkommen, die zunehmend erstickend wurde.

„Haben Sie das gehört?", fragte Ed, der sich auf eine Art drehte, die kein nüchterner Mensch je tun würde.

„Nein, tut mir leid. Ich habe nichts gehört.”

„Wie können Sie das nicht hören?”, schrie Mr. Ed Sheen und schlug auf die Oberseite eines niedrigen Bücherregals, wodurch ein paar Bücher auf den Boden fielen. „Es sind die Geister, die schreien. Das machen sie, um neue Gesellschaften zu begrüßen”, knurrte er wie ein wildes Tier und ich stöhnte vor Entsetzen auf, als sein Zeigefinger direkt auf mich zeigte. „Sie! Sie!”

Dieser Mann war völlig wahnsinnig.

Ich musste sofort aus diesem Laden raus.

„Wissen Sie was, behalten sie das Buch. Ich komme irgendein anderes Mal wieder”, murmelte ich und ließ das Zauberbuch los, während ich mich in Richtung Tür begab.

Ed begann, mich zu verfolgen, und ich musste die Theke meiden, um seinem Griff zu entkommen. Allerdings stieß er dagegen und die Glasplatte rutschte zur Seite und zersprang mit einem lauten Klirren auf dem Boden.

„Hexe! Vampirin!”

„Wovon reden Sie?”, rief ich, während ich mit der Ausgangstür herumhantierte, die mysteriöserweise verschlossen war.

Ed Sheen griff nach meinem Anhänger und zerrte gewaltsam daran, um ihn abzureißen.

„Lassen Sie mich in Ruhe!”, schrie ich und schlug ihm mit meiner schweren Handtasche auf den Kopf.

Der Mann taumelte zurück, sein Bruder erschien aus dem Hinterzimmer und legte die Hände vor Schreck auf den Kopf.

„Es tut mir so leid, gnädige Frau!” Stan Sheen schluckte laut und starrte auf das Chaos. „Mein Bruder kann ab und zu sehr eigen sein, aber es ist nichts Gefährliches, versprochen!" Dann schimpfte er mit Ed, als wäre er ein kleines Kind: „Ed! Schau, was du angerichtet hast! Setz dich hin und benimm dich anständig!"

„Ich muss jetzt wirklich gehen", sagte ich und benutzte immer noch meine Tasche als Schutz, falls Ed Sheen einen Rückfall bekommen sollte. „Es wird dunkel."

„Bitte kommen Sie nächste Woche wieder", flehte Stan und half mir mit der eingeklemmten Tür. „Nehmen Sie Ed bitte nicht ernst. Er liest einfach zu viele viktorianische Horrorgeschichten."

Als ich gehen wollte, kniete er sich hin und begann damit, die Glassplitter aufzuheben, während er dabei missbilligend den Kopf schüttelte. „Ich habe ein paar Telefonate für Sie geführt, gnädige Frau. Ich bekomme demnächst etwas ganz Besonderes per Post. Kommen Sie in ein paar Wochen wieder und ich bin mir sicher, Sie werden begeistert sein von meinen Funden."

Ich antwortete mit einem erzwungenen Lächeln, schwang mich auf mein Fahrrad und eilte wie der Teufel zurück zum Kloster.

***

Während ich unter den flackernden Straßenlaternen auf meinem Fahrrad fuhr, übersah ich eine fast unsichtbare Öllache und verlor die Kontrolle über das Vorderrad. Der Lenker verdrehte sich nach hinten, ich fiel hin und schlug mit der Hüfte auf den harten Kopfsteinpflasterboden auf.

Fluchend stand ich auf und versuchte, das Fahrrad aufzuheben. Der Rahmen war verbogen, das

Vorderrad hatte sich von der Gabel gelöst und lag jetzt auf der anderen Straßenseite. Alles war verzogen und zerkratzt. Wütend schleppte ich das Fahrrad und ging in Richtung Kloster.

Plötzlich kam im Dunkeln ein Mann auf mich zu. Ich brauchte ihn nicht einmal anzusehen, um zu wissen, dass es Ed Sheen war. Er trug ein riesiges Holzkreuz um den Hals und drückte es mir mit einem verrückten Ausdruck ins Gesicht.

„Soll das mein Fahrrad reparieren?", fragte ich und drehte mich von ihm weg und beschleunigte meinen Schritt.

„Hexe!", schrie er mit zittriger Stimme und stieß mir mit dem Kreuz gegen die Brust. „Verjage den bösen Blick von mir, du Kreatur der Hölle!"

„Sind Sie verrückt? Hier gibt es nur ein Paar böse Augen und die gehören definitiv nicht mir."

Obwohl sein Bruder gesagt hatte, er sei harmlos, begann ich, an seinem Wort zu zweifeln.

Mir wurde klar, dass es keine Möglichkeit gab, Ed Sheen loszuwerden, wenn ich mein schweres Fahrrad zurück nach Saint Anne schleppen würde. Ich würde wählen müssen zwischen dem Verlassen meines kostbarsten Besitzes am Straßenrand oder dem Geschwätz eines Verrückten über Geister, Hexen und was weiß ich noch, der mich möglicherweise in einem Anfall von Wahnsinn auch noch anspringen könnte.

Schnell lehnte ich den Metallrahmen gegen eine Wand und verabschiedete mich kurz. Er würde sicher gestohlen sein, bevor ich zurückkommen würde.

Dann begann ich zu rennen. Ich schaute nicht mal zurück, bis Ed Sheens wirres Gemurmel nur noch ein leises Echo im Nebel der Nacht war und die einladenden Tore von Saint Anne in der Ferne auftauchten.

Kapitel 5

Julia

Oktober 1946

An jenem Abend, als Ludovic wie üblich an meine Tür klopfte, lag ich faul und barfuß auf dem Bett, las Catalina Kodrinovas Buch und machte Notizen in mein Tagebuch.

„Kommen Sie herein", sagte ich, setzte mich schnell auf und bemühte mich, so selbstsicher wie möglich zu wirken.

Ludovic setzte sich in den Sessel und beobachtete mich aufmerksam. Er hatte eine Hand hinter dem Rücken und verbarg offensichtlich etwas.

„Ist etwas nicht in Ordnung?", fragte er und neigte interessiert den Kopf.

„Nein, alles in Ordnung". Seufzend legte ich das Buch beiseite. „Na ja, abgesehen von dem Verrückten, der mich beschuldigt hat, ihm den bösen Blick zugeworfen zu haben, und mir mit einem Kruzifix in Grönland-Größe gefolgt ist." Ich hatte aber eigentlich keine Lust, über Ed Sheen zu sprechen und wünschte einfach, ich könnte ihn für immer vergessen. „Aber egal. Ich würde lieber wissen, was Sie hinter dem Rücken verstecken."

Sein Kiefer spannte sich leicht an, und ich fügte vorsichtshalber hinzu: „Mir geht es gut, das ist alles, was zählt.”

„Sehr gut”, sagte er mit einem Stirnrunzeln. „Sagen Sie mir, wenn Sie bereit sind.”

„Natürlich”, sagte ich und war bereit, diese beunruhigenden Erinnerungen hinter mir zu lassen. Ed Sheen war harmlos. Sein Bruder sagte das und ich wollte es glauben.

„Ich hoffe, das werden Sie. Wenn Sie noch mal ein Verrückter belästigt, würde ich ihm gerne einen Höflichkeitsbesuch abstatten.”

„Schon in Ordnung. Ich kann das allein klären, wirklich.”

An der Art, wie er seine Augen schmal zusammenzog, würde er es nicht so leicht auf sich beruhen lassen, also versuchte ich, das Thema zu wechseln.

„Was verstecken Sie da?”, fragte ich und zeigte auf das, was er hinter seinem Rücken hielt.

Ein geheimnisvolles Lächeln bildete sich auf seinen Lippen. „Ich habe Ihnen hier ein kleines Geschenk mitgebracht”, sagte er und reichte mir eine kunstvoll verzierte Pappschachtel.

„Schon wieder? Sagen Sie mir nicht, es ist noch ein Grimoire”, sagte ich neugierig. Die Schachtel war klein und mit Spitze versehen und enthielt definitiv kein Buch.

„Nein”, grinste er und half mir dabei, die abgerundeten weißen Laschen zu öffnen und ein köstlich aussehendes Stück Zitronenkuchen herauszunehmen.

Ich stieß vor Überraschung einen kleinen Laut aus. „Na, das kommt aber unerwartet!” Bewundernd betrachtete ich das winzige Kunstwerk. Ich konnte mich nicht einmal daran erinnern, wann ich das letzte Mal etwas Süßes probiert hatte. „Ich habe immer schon Royal Icing geliebt."

Ludovic lächelte zufrieden. „Ich wollte es schon immer mal ausprobieren."

Magisch zauberte er einen silbernen Löffel aus einer Tasche in seiner Seidenweste und ich nahm ihn feierlich entgegen.

„Weshalb diese Ehre?", fragte ich.

„Wir haben etwas zu feiern", sagte er, „aber lassen Sie uns zuerst den Kuchen probieren und später über Geschäftliches sprechen, sonst könnte das Icing noch schmelzen."

„Diese Glasur sieht aus wie Lambeth-Piping. Äußerst schwer zu bewältigen. Ich habe es oft genug versucht, aber es ist mir nie gelungen. Mit den Worten meines Vaters habe ich immer zu schnell aufgegeben." Ich zögerte und schwebte mit Ludovics silbernem Löffel über den weißen und gelben Verzierungen. Exquisite Zuckerglasurwellen und Blumen schmückten den luftigen Teig. „Es ist fast eine Sünde, in eine so zarte Glasur einzutauchen, finden Sie nicht?"

„Lassen Sie mich das machen, wenn Sie wollen. Ich habe kein Problem zu sündigen", zwinkerte er und ich spürte, wie meine Wangen rot wurden, während ich mich fragte, ob ich das richtig gehört hatte.

Langsam reichte ich ihm den Löffel und beobachtete ihn aufmerksam, wie er eine winzige Menge schneeweißer Glasur abkratzte und in den Mund steckte, dann schloss er die Augen mit vorgetäuschter Begeisterung.

„Und … mögen Sie es?" fragte ich, erwartungsvoll.

Er öffnete ein Auge.

Dann das andere.

„Eigentlich nicht", sagte er mit einer gerümpften Nase und grinste, während er die Spitzenschachtel in meine Richtung schob. „Hier, für Sie."

Ich lachte lächerlich laut auf und er saß einfach nur da, mit seinen glänzenden schwarzen Locken, die auf eine Seite fielen.

Als ich versuchte, den Löffel aus seiner Hand zu nehmen, berührten sich unsere Finger für einen Augenblick. Seine Berührung war elektrisch und ich zuckte zusammen. Als er schließlich den Griff losließ, wich ich bereits zurück, und der Löffel fiel mit einem leisen Klingen auf den Steinboden.

Wir bückten uns beide gleichzeitig, um ihn aufzuheben. Unsere Blicke trafen sich und unsere Hände berührten sich wieder über dem Silberlöffel. Ich lehnte mich vor und er tat es auch.

Gesicht an Gesicht blieb ich völlig regungslos, mit meiner Stirn nur wenige Zentimeter von seiner entfernt.

Wir waren so nah, dass ich die Kälte seiner Haut spüren konnte.

Und dann erstarrte die Zeit.

Keiner von uns wich zurück, aber wir wagten es auch nicht, die unsichtbare Grenze zwischen uns zu überschreiten.

Ich schloss die Augen und stellte mir vor, was passieren würde, wenn ich versuchen würde, diese unsichtbare Barriere zu durchbrechen. Es schien so einfach. So verlockend. Ich ließ mich hinreißen und legte einen schüchternen Kuss auf seine Lippen. Er war schnell, leicht. Wie die Berührung einer Feder. Nicht schwerer als die Flügel eines Schmetterlings.

Kaum hatte ich realisiert, was ich gerade getan hatte, wich ich mit einem leisen Keuchen zurück und legte eine Hand auf meine Brust.

„Ich …", wollte ich sagen, aber hielt inne. Tatsächlich tat es mir nicht leid. Ich war nur ein wenig schockiert von meiner unbedachten Reaktion.

Ludovics Hände fanden meine Taille und er hob mich an, während sein Blick auf meinem ruhte. Meine eigene Kühnheit hatte mich erschreckt und ich geriet in ein unerwartetes Zittern. Aber ich hatte keine Angst, ich kannte diese mutige Version einfach nicht von mir.

Gemächlich setzte er mich auf den Bettrand und senkte den Kopf, bis wir uns von Angesicht zu Angesicht gegenüberstanden. Seine Augen waren seltsam blau und feurig, leuchteten wie Lichtbecken.

„Warum zittern Sie so?", fragte er heiser und strich mit dem Handrücken sanft über meine Wange. „Haben Sie Angst vor mir, Julia?"

„Nein. Habe ich nicht."

Meine Stimme war bestimmt und Ludovic antwortete mit einem leisen Grunzen. Dann ließ er seine Lippen meine berühren und hielt inne. Seine Berührung war eine unausgesprochene Frage. Ich musste nicht zweimal über meine Antwort nachdenken.

Mit nur einem leichten Nicken ergriff ich sein Hemd mit beiden Händen und zog ihn zu mir heran.

Dieser zweite Kuss war aber nicht sanft und er war auch nicht schüchtern. Er war intensiv und eindringlich und völlig berauschend. Kühl und schmeckte nach Mandarinen und Bergamotte. So hätten alle Küsse in meinem Leben sein sollen, wenn ich es nur früher gewusst hätte.

Ludovic schloss die Augen, aber ich behielt meine halb geöffnet, um die Perfektion dieser langen, dunklen Wimpern und das Auf und Ab seiner spiralförmigen Locken nicht zu verpassen, während er zu einer unhörbaren Musik schwankte. Ich erwiderte seinen Kuss mit Inbrunst, während seine Hände sich fest um mich schlossen.

Für ein paar Sekunden stimmte alles in der Welt.

Als seine scharfen Zähne dann begannen, die Haut unter meinem Kinn zu reizen, erweckten sie die Dunkelheit, die immer schon am Grund meiner Seele gehaust hatte. Sie kitzelten und prickelten nur leicht an meinem Hals, erregten mich jedoch so stark, dass ich nach Luft schnappen musste, um nicht in meinem eigenen Verlangen zu ertrinken. Er hörte meinen Seufzer und taumelte zurück, ein verwirrter Blick trübte seine starren Augen.

„Das hätte nicht passieren sollen", sagte er und wandte sich von mir ab. Sein Blick fiel auf mein Amulett und er atmete laut aus.

Mit einem schnellen Zug nahm er den heruntergefallenen Löffel, der immer noch vergessen auf dem Boden lag und wischte ihn am Hemdzipfel ab. „Wir sollten wirklich nicht zulassen, dass dieser Kuchen schmilzt."

∗∗∗

Dann starrten wir uns mit Unbehagen an, ich sprang auf die Füße und eilte zum Schreibtisch. Als ich auf die luxuriöse Torte blickte, wurde mir mit Bedauern klar, dass ich keinen Hunger mehr hatte. Zumindest nicht auf Kuchen. Ich konnte einfach nicht vergessen, wie er klar geäußert hatte, dass unser Kuss für ihn ein Fehler gewesen war.

„Haben Sie es geschafft, an etwas Meteoritenpulver zu kommen?", fragte Ludovic. Sein missglückter Versuch, Normalität vorzutäuschen, ließ mich zusammenzucken, aber ich beschloss mitzuspielen. „Vielleicht etwas gemacht … verbrannt? In die Luft gejagt?"

Ich stellte den Kuchen beiseite und glättete mein Hemd. Ich beschloss, so zu tun, als wäre gerade nichts zwischen uns passiert. Wenn er es konnte, dann konnte ich das auch.

„Tatsächlich habe ich keins bekommen, aber heute Nachmittag hätte es sehr nützlich sein können."

„Also, möchten Sie mir noch mehr darüber erzählen, was Ihnen auf der Straße passiert ist?" Er sah mich unter einem dicken Vorhang aus schwarzen Locken an.

Ich verschränkte die Arme. „Sie werden ihm doch nichts antun, oder?"

„Warum, sollte ich einen Grund dazu haben?", entgegnete Ludovic und zog eine Augenbraue hoch.

„Ich habe gehört, dass es hier Regeln gibt, die euch nicht erlauben, Menschen einfach so umzubringen, stimmt das?" Ich wollte mich vergewissern, bevor ich es ihm erzählte, nur für den Fall, dass er hungrig sein sollte. Und ich wollte unbedingt wirklich diese italienischen Zeitungen von den Sheens bekommen, was schwer zu erreichen gewesen wäre, wenn er sie umbrächte.

Er schaute mich mit schmalen Augen an, nickte dann aber. „Das stimmt. Das sind die Regeln des Klosters. Wir dürfen keine neuen Vampire erschaffen oder Menschen umbringen, es sei denn, sie haben es wirklich verdient. Hat diese Person es zufällig verdient?"

Ich schüttelte den Kopf und war verärgert über seine arrogante Haltung. „Natürlich nicht!" Ich war die Hälfte meines Lebens Halbwaise oder Witwe gewesen, also war ich mehr als fähig, mich selbst zu schützen. „Ich will ihm keinen Schaden zufügen. Er ist nur ein bisschen … gestört. Er hört Dinge, die gar nicht da sind, und sein Bruder behandelt ihn wie ein kleines Kind. Nicht wirklich seine Schuld.“

„Okay, wer ist denn dieser Er, wenn ich fragen darf? Ich blicke langsam nicht mehr durch!“ Ludovic tippte nervös auf den Schreibtisch und der Löffel klapperte gegen die Holzoberfläche.

Ich seufzte müde. „Einer der Sheens aus dem Buchladen. Er hat mich eine Hexe genannt, und eine …“, mein Gesicht musste inzwischen komplett rot geworden sein, „… eine Vampirhexe, was auch immer das bedeutet.“

Ludovic runzelte die Stirn. „Ich frage mich, warum er das gesagt haben könnte.“

„Ich weiß es nicht. Ich nehme an, es war nur ein merkwürdiger Zufall. Sein Bruder hat gesagt, er ist besessen von Geistergeschichten. Er begann dann, sich seltsam zu verhalten, als ich ihn bat, mir die esoterische Abteilung zu zeigen, und nachdem ich den Laden verlassen hatte, bemerkte ich, dass mir jemand gefolgt war. Aber Sie müssen sich keine Sorgen machen, er hat nicht gesehen, dass ich hierhergekommen bin.“

„Also, wenn ich das richtig verstehe, ist er Ihnen hierher gefolgt?“ Ludovics Stimme klang mit jeder vergehenden Minute hitziger, möglicherweise, weil er dachte, ich hätte das Geheimnis des Klosters gefährdet.

„Nein, natürlich nicht. Ich bin weggerannt.“

„Sie mussten wegrennen?“ Er klang entsetzt.

„Wissen Sie was, vergessen Sie das einfach, okay? Er ist nur ein bisschen unausgeglichen und hat sich auf eine etwas unheimliche Weise verhalten. Aber ich bin ihm entkommen, also gibt es nichts, worüber man sich

Sorgen machen müsste. Alles. Ist. In. Ordnung.”

„Ich mache mir nur tendenziell Sorgen, wenn unheimliche Individuen Ihnen bis zu unserem geheimen Versteck folgen.” An diesem Punkt lag seine Stimme definitiv über der für höfliche Gespräche erlaubten Lautstärke.

„Er ist mir nicht bis zum Kloster gefolgt, hören Sie mir überhaupt zu?” Ich erhob meine Stimme, um seine plötzliche Fürsorge abzuwehren. „Und wenn ich so darüber nachdenke, war er auch gar nicht so unheimlich. Immerhin nicht mehr als jemand von Ihnen!”

In dem Moment, als ich das sagte, bereute ich es auch schon direkt.

Traurigerweise konnte man aber bereits ausgesprochene Worte, nicht mehr rückgängig machen.

Ludovic wich zurück und senkte den Blick auf den Boden.

„Es tut mir leid, dass Sie so denken”, murmelte er mit einem tiefen Seufzer und streckte seine Beine, um aufzustehen. „Ich wünschte, ich könnte Ihnen das Gegenteil beweisen. Aber ich glaube nicht, dass ich dazu in der Lage bin.”

„Warten Sie!” Er war im Begriff zu gehen, also griff ich nach seinem Unterarm. Er schob mich sanft weg. „Ich hätte das nicht sagen sollen.”

„Sie waren nur ehrlich.” Er erhob seine Handfläche zwischen uns und ich trat einen Schritt zurück.

„Ludovic”, sagte ich und stand vor ihm, während ich angestrengt darüber nachdachte, wie ich ihn zum Bleiben bewegen könnte. „Sie haben gesagt, dass wir etwas zu feiern haben, erinnern Sie sich?”

„Ach ja”, antwortete er, ohne eine Spur von

Freude in seiner Stimme. „Es geht um eine Person, die ich in Italien kenne. Sie hat zugestimmt, uns bei der Suche nach Ihrem Ehemann zu helfen."

***

Nachdem Ludovic mein Zimmer verlassen hatte, bemerkte ich den versiegelten Umschlag auf dem Boden: Er muss aus seiner Tasche gefallen sein, als er aus dem Sessel aufstand. Vielleicht könnten wir uns versöhnen und den Abend besser beenden, wenn ich ihn ihm zurückbringe.

So zog ich meine Schuhe an und warf mir eine Wollstrickjacke über die Schultern. Dann begab ich mich durch die kerzenbeleuchteten Korridore zu seinen Gemächern.

Als ich an seine Tür klopfte, antwortete aber niemand. Er war auch nicht in der Bibliothek oder im Musikzimmer. Nachdem ich praktisch überall gesucht hatte, ging ich davon aus, dass er zum Jagen gegangen sein musste. Irgendwie geleitet drehte ich mich um und beschloss, den Umschlag unter seiner Tür durchzuschieben.

Als ich dann aber an Francescas Schlafzimmer vorbeikam, durchbrach Ludovics Stimme die gespenstische Stille der Gänge. Ich konnte nicht verstehen, worüber er sprach, aber er klang aufgeregt. Sogar wütend.

Ich hätte in diesem Moment sofort in mein Zimmer flüchten sollen, aber die Neugier klebte meine Füße am Steinboden fest. Ich hasste mich selbst dafür, dass ich wieder mal schnüffelte, aber der Drang war einfach stärker als ich.

„Das ist eine abscheuliche Idee", sagte

Francesca. Ludovics Stiefel hallten, während er ungeduldig im Raum auf und ab ging. „Ich weiß, dass ich Julia sagte, sie solle mehr über ihren Ehemann herausfinden, aber jetzt sehe ich, dass es ein Fehler war. Ich bereue es.“

„Rosanna schuldet uns einen Gefallen.“ Seine Stimme zitterte, als könne er seine Unruhe kaum unterdrücken.

„Nein“, fuhr Francesca fort, „Sterbliche bringen immer Ärger. Du musst das sofort stoppen. Was ist, wenn sie hierher kommt und Elizabeth sie sieht?“

„Aber ich habe es Julia doch versprochen. Ich kann mein Wort jetzt nicht brechen.“

„Mein lieber Bruder, das solltest du aber lieber tun, bevor es zu spät ist.“

„Wie kannst du nur so reden? Warst nicht du es, die mir Vorträge über das Gute in anderen Menschen gehalten hat? Du, die den Verlust von Angela über Jahrhunderte hinweg bedauert hat?“

„Was hat das mit mir zu tun? Und mit Angela?“ Francesca fuhr auf und klang wütend. „Wenn du so daran interessiert bist, diese Hexe zu befriedigen, dann erfinde irgendeine Geschichte. Sag ihr, was sie hören will. Was macht das schon für einen Unterschied? Willst du echt alles, was wir haben, für eine Sterbliche riskieren? Für einen Toten noch dazu! Wer auch immer dieser Mr. Reighton ist, er ist es nicht wert, dass einer von uns verbannt wird.“

„Aber es ist ihr wichtig.“

„Ihr wichtig? Oder dir?“

Es folgte Stille und das hastige Gehen hörte auf.

„Ich will nicht, dass sie zu den Sheens zurückgeht. Sie haben Verdacht geschöpft. Wenn wir Rosanna fragen, wird alles viel schneller erledigt sein.

Und auch sicherer für uns alle."

„Mir sind diese Sheens egal und ich kann mir viele Möglichkeiten überlegen, wie man zwei schwache Menschen loswird. Sie können mir sowieso nichts mehr antun."

„Ja, aber was ist mit Julia? Was ist, wenn sie wieder dorthin geht und nach Antworten sucht? Was ist, wenn sie ihr wieder folgen?"

„Na ja, wenn dich das am meisten beunruhigt", ihre Stimme wurde sinnlich wie die einer Sirene, „unterhalte sie, *fratello mio*. Lenke ihre Aufmerksamkeit ab, damit sie nicht mehr darüber nachdenkt. Du hast es doch schon einmal gemacht, oder? Hilf ihr, sich auf andere Dinge zu konzentrieren. Sie wird ihren verstorbenen Ehemann bald vergessen. Es ist ja nicht so, als ob du nicht genug Freizeit hättest." Francescas Stimme wurde plötzlich emotionslos und sie fügte hinzu: „Nutze deine Reize, Ludovic. Ich weiß, dass du viele davon hast, mein lieber Bruder."

Schritte näherten sich der Tür und ich hielt den Atem an. Als sie wieder zu reden begannen, war ihre Stimme zu leise, dass ich sie hören konnte.

Also war es das. Das war der Grund, warum unser Kuss ein Fehler gewesen war. Er wollte mich gar nicht wirklich. Er tat nur, was seine Schwester wollte. Und jetzt versuchten sie mich auch noch bezüglich Gabriels Fall zu beschwindeln.

Ich war so dumm. Wie konnte ich jemals glauben, dass sich irgendjemand im Kloster um mich oder meine Probleme kümmern würde?

Ich biss mir auf die Lippen und unterdrückte den Drang, den Brief zu zerknüllen. Der Umschlag war an Mrs. Rosanna Bianchi in Rom adressiert und der Absender war Mr. Ludovic Belak, ohne Straßennamen oder Nummer. Ich hielt den Umschlag noch in der Hand, schlich dann zurück in mein Zimmer und passte auf, dass mir niemand folgte. Dann schloss ich mich ein und weinte über Gabriel, bis ich schließlich einschlief.

Kapitel 6

Julia

November 1946

Ein paar Tage nachdem ich das Gespräch zwischen Ludovic und Francesca belauscht hatte, fand ich ein glänzend neues Fahrrad auf dem frostigen Gras des Friedhofs auf mich warten. Es lehnte gegen das Engel-Mausoleum und sein Rahmen hatte den gleichen kobaltblauen Farbton wie Ludovics Augen im Kerzenschein.

Obwohl ich ihm von meinem kleinen Fahrradunfall nicht erzählt hatte, bestand kein Zweifel daran, wer das neue Fahrrad gekauft haben könnte. Nach Francescas Ratschlag war ich natürlich nicht gewillt, einem der Belak-Geschwister das Vergnügen zu gönnen, irgendein Geschenk von ihnen anzunehmen.

Seit jener Nacht hatte ich mir außerdem angewöhnt, stets die Tür hinter mir abzuschließen, wann immer ich mich in mein Zimmer zurückzog.

Ludovic klopfte jede Nacht. Als er aber merkte, dass ich ihn so bald nicht mehr hereinlassen würde, begann er, mich einzuladen, Zeit in der Bibliothek zu verbringen, zusammen mit den anderen. Manchmal versuchte er sogar, mich zu überreden, Francesca beim Klavierspiel zuzuhören, das ich früher so sehr geliebt hatte.

Aber meine Antwort war stets Nein.

Nach einer Weile verstand er die Botschaft und gab auf. Sorge und Trauer hielten mich weit bis in die Morgenstunden wach, aber ich hatte nicht vor, mich von ihm „unterhalten" zu lassen – wie es Francesca ausgedrückt hatte – nur damit er meine Mission, Gabriels Schicksal herauszufinden, vereiteln konnte.

Als kleines Mädchen hatte mein Vater mir mal gesagt, dass ich niemals die Kunst der Hochzeitstortenverzierung meistern würde, geschweige denn zur Universität gehen könnte, weil ich immer zu schnell aufgab. Na ja, ich würde es ihm und jedem, der zuschaute, zeigen, dass die neue Julia ihre Mission erfüllen konnte – oder dabei sterben würde, während sie es versuchte.

Ich hatte in meinem Leben ja sowieso nichts Besseres zu tun.

Eines Morgens wagte ich mich dann wieder in die Bibliothek, in der Hoffnung, dass sich die Vampire nach ihren nächtlichen Ausflügen in ihren Gemächern ausruhten. Ich horchte vor dem Betreten – der Ort schien völlig ruhig zu sein. Ich würde mir nur einen leichten Roman aussuchen, den ich abends lesen würde, und dann zum Konferenzraum gehen, um Elizabeth zu treffen.

Leider waren diese Wesen nur so still wie die Sphinx und hatten die Angewohnheit, im Dunkeln zu lesen, daher sah ich denjenigen, der auf dem Sofa saß, nicht, bevor ich eintrat und er dann aufstand, um mich zu begrüßen.

„Mrs. Reighton!" Es war Clarence, ein großer englischer Vampir mit salz- und pfefferfarbenem Haar und kastanienroten Augen. „Wie geht es Ihnen? Ich habe gehört, dass Sie sich in letzter Zeit etwas zurückgezogen haben. Geht es Ihnen gut?"

„Besser als je zuvor", knurrte ich und ging auf die Regale mit Belletristik zu. „Ich sollte mich beeilen. Elizabeth wartet auf mich."

„Ach, machen Sie sich keine Sorgen um Elizabeth. Sie hat die ganze Nacht mit Ludovic gesprochen. Ich bezweifle, dass sie schon da ist."

Clarence setzte sich wieder hin und winkte, damit ich mich zu ihm gesellte. Ich gehorchte widerwillig und saß mit völlig geradem Rücken auf dem Rand der Couch. Clarence war immer so makellos, dass ich sein Aussehen schon leicht verstörend fand – fast schon surreal.

„Gibt es etwas, worüber Sie mit mir sprechen wollten?", fragte ich. Offensichtlich gab es das.

„Ich habe bemerkt, dass Sie in letzter Zeit ziemlich … verängstigt wirken", sagte er taktvoll.

„Ich lebe von Kreaturen umgeben, die normalerweise Horrorgeschichten und Albträume bevölkern. Ich weiß nicht mal, ob ich morgen noch lebend aufwachen werde oder mit Fangbissen an meinem Hals. Und selbst wenn nicht, ich bin nicht so naiv, um zu ignorieren, wohin Sie alle nachts gehen, während ich versuche zu schlafen. Sie müssen zustimmen, dass dies nicht der beste Ort ist, um sich als Mensch entspannen zu können, oder?"

„Also machen Sie sich Sorgen über all die schrecklichen Dinge, die wir tun?" Seine Augen waren mitfühlend, als er sich mir mit Interesse näherte. „Was ist, wenn ich Ihnen sage, dass es gar nicht so schlimm ist, wie Sie denken?"

„Ich habe gesehen, was Lillian mit diesem Spion gemacht hat", antwortete ich stur.

„Es mag Sie überraschen, aber wir haben hier

einen Ehrenkodex. Vielleicht sind unsere Regeln nicht mit menschlichen Gesetzen vergleichbar, aber wir halten uns an sie, und wer dagegen verstößt, riskiert Verbannung. Manchmal sogar den Tod. Was Spione betrifft – unsere Privatsphäre ist uns sehr wichtig, und wir nehmen es nicht auf die leichte Schulter, wenn jemand diese gefährdet. Aber abgesehen davon töten wir Menschen nur selten. Wir ernähren uns nur von ihnen und lassen sie dann vergessen. Aber in der Regel nehmen wir ihnen nicht grundlos das Leben."

„Wie nett von Ihnen", sagte ich und fragte mich, wie er die ganze Sache so natürlich finden konnte. „Warum hat Lillian den Spion dann nicht vergessen lassen?"

„Zuallererst habe ich nicht gesagt, dass unsere Methoden nett sind. Löwen sind auch nicht nett zu Gazellen. Sie sind einfach … Löwen." Clarence starrte mich intensiv an, den Kopf leicht geneigt, und ich fühlte mich gezwungen wegzuschauen. „Und zweitens bin ich mir sicher, dass Lillian es versucht hat, aber die Erinnerungen des Spions reichen zu weit zurück, als dass das Vergessen funktionieren würde. Und übrigens werden Spione selten irgendwo begnadigt. So sind die Dinge nun mal, Mrs. Reighton."

„Sie halten alle sehr viel von sich selbst, oder?", spottete ich und lenkte meine Frustration wegen Ludovic auf ihn. „Sie nehmen sich einfach, was Sie wollen, weil wir Menschen für Sie nicht mehr als wertlose Beute sind. Sie müssen sich keine Sorgen um Krieg, Hunger oder Armut machen. Nicht einmal um den Tod. Es muss toll sein, unverwundbar zu sein. Ich beneide Sie und Ihre Sorgenfreiheit, Sir."

Clarence neigte überrascht den Kopf. „Was lässt Sie denken, dass wir unverwundbar sind? Wir können nicht einmal in die Sonne gehen. Klingt das für Sie nach Unverwundbarkeit?"

Er streckte seine Hand aus und berührte vorsichtig Gabriels Amulett. Ich wich erschrocken zurück. Bisher hatte sich keiner der Vampire an mein Amulett getraut – ich hatte schon angefangen zu glauben, dass sie Angst davor hatten.

„Darf ich Ihnen eine Geschichte erzählen?", fragte er und streichelte die winzigen Formen am Ende jeder silbernen Verzweigung. „Damit Sie drüber nachdenken können, wer vor wem Angst haben sollte." Ich nickte interessiert und er fuhr fort. „Als Ludovic noch ein junger Mann war, war er mit einem Mädchen aus Neapel verlobt. Sie war die Tochter eines Bauern, der Lebensmittel zum Haus des Barons brachte, wo er und Francesca arbeiteten. Hat er Ihnen jemals von Bellissa erzählt?"

Ich schüttelte den Kopf und fragte mich, warum er das so ausplauderte. Ich wusste, dass Ludovic und Clarence eng befreundet waren, aber seit meiner Ankunft hatte ich nicht viele Gelegenheiten gehabt, mit dem Engländer hier vor mir zu sprechen.

„Bellissa war eine Hexe. Eine *Strega*, wie sie in diesen Teilen sagen. Aber Ludovic wusste das nicht." Er machte eine Pause. „Und jetzt eine Frage an Sie, Mrs. Reighton. Wissen Sie, wer Ihrem Ehemann das hier gegeben haben könnte?"

„Nein, aber ich habe das Gefühl, dass Sie es mir gleich erzählen werden."

„Das ist ein *Cimaruta*. Ein mächtiges Hexenamulett. Ihr Ehemann hat es nicht irgendwo im Laden gekauft und es ist auch nicht zufällig zu Ihnen gekommen. Nichts geschieht zufällig in der übernatürlichen Welt, meine Liebe."

Ich schluckte, war aber fest entschlossen, seinen kastanienroten Blick auszuhalten. „Was ist mit Bellissa passiert? Haben sie am Ende geheiratet?"

„Das haben sie nicht."

„Warum nicht?"

„Weil sie versucht hat, seine Schwester zu töten."

***

Dezember 1946

Als Elizabeth mich bat, für drei Tage nach New York zu reisen, war das wie ein Geschenk des Himmels. Sie wollte, dass ich einige Geschäftsleute aus der Wall Street treffe und dort einen Deal in ihrem Namen abschließe. Natürlich konnte sie selbst nicht gehen, aufgrund ihrer nächtlichen Einschränkungen, daher wählte sie mich aus, um das Händeschütteln und das Unterschreiben der Papiere zu übernehmen.

Ich war überglücklich.

Aber auch leicht verängstigt.

Das kleine Mädchen aus dem Dorf sollte nun nach New York reisen, um einen Deal mit mächtigen Kapitalisten abzuschließen.

Wenn mein Vater mich jetzt sehen könnte!

Mein Zug sollte um neun Uhr abends abfahren. Ich informierte Elizabeth, dass ich allein zum Bahnhof gehen würde, aber sie war unnachgiebig.

„Hör zu, Julia", sagte sie nach einer langen Diskussion, „ich habe gehört, da ist ein verrückter Mann unterwegs, der auf diejenigen losgeht, die er für Hexen hält. Ich weiß deine Unabhängigkeitswünsche zu schätzen, aber dieser Deal ist unbedingt zeitnah abzuschließen. Du musst Ludovic erlauben, dich zum Bahnhof zu begleiten, und aufhören, mir das Leben schwer zu machen, bitte!"

„Könnte nicht Clarence stattdessen mitkommen?" Es fühlte sich kindisch an, danach zu fragen, aber der Bahnhof war mindestens eine halbe Stunde entfernt. Zu viel Zeit, um mit Ludovic zu verbringen, einem Mann, den ich hoffnungslos abstoßend und gleichzeitig anziehend fand. Clarence wäre da eine bessere, neutralere Option gewesen.

„Wir schätzen deine Meinung, Julia, aber versuche, dich daran zu erinnern, wer hier das Sagen hat", sagte Elizabeth mit einem ungeduldigen Schnauben. „Clarence hat seinen eigenen Kram zu erledigen, während Ludovic heute Abend frei hat. Er wird um halb neun am Ausgang auf dich warten. Komm nicht zu spät!"

Ich kam nicht zu spät. Tatsächlich war ich sogar fünfzehn Minuten zu früh. Während ich auf meinem brandneuen Lederkoffer am Tor des Friedhofs Saint Anne saß, wartete ich auf meinen Begleiter. Die Temperaturen waren nachts weit unter den Gefrierpunkt gefallen und ich verfluchte mich dafür, nur einen wadenlangen Mantel und ein dünnes Paar Strümpfe getragen zu haben. Ich hätte mindestens zwei Paar übereinander ziehen sollen, um diese Kälte zu überstehen.

Als Ludovics Locken endlich hinter den schwarzen Engelsflügeln hervorblickten, sah ich ihn in einen gemütlich aussehenden Umhang gekleidet, mit einem Zylinder auf dem Kopf. Er bot höflich an, meinen Koffer zu tragen, ein Vorschlag, den ich in Erwägung zog abzulehnen. Ich fühlte mich nicht wohl dabei, Hilfe von jemandem anzunehmen, der den

Nachnamen Belak trug und ein Talent hatte, Leuten in weniger als einer Millisekunde das Genick zu brechen. Trotzdem war er sehr überzeugend und am Ende gab ich nach.

So gingen wir los in Richtung Bahnhof. Manchmal war es schwer, den braunen Haufen aus Schnee, der unter den gedämpften Straßenlampen glänzte, zu umgehen, aber ich tat mein Bestes, um mich anmutig fortzubewegen.

„Julia", sagte Ludovic und blieb mitten auf dem Gehweg stehen, die Arme vor seiner breiten Brust verschränkt. „Können Sie mich bitte ansehen? Ich habe Ihnen gerade eine Frage gestellt. Verdiene ich nicht wenigstens eine Ja- oder Nein-Antwort?"

Welche Frage er meinte, hatte ich wohl verpasst, während ich ihn und seine Schwester in Gedanken aktiv hasste.

„Entschuldigung, ich habe an das Treffen morgen gedacht", murmelte ich und versuchte, an ihm vorbeizukommen, doch da war nur ein großer Haufen gefrorener Schnee, der den Weg blockierte.

Ludovic wich nicht zurück. Er stand einfach da wie ein sinnloses Stück städtischer Einrichtung.

„Wenn wir uns nicht beeilen, werde ich den Zug verpassen und Elizabeth wird uns beide umbringen", merkte ich an.

„Ich habe Sie nach den Sheens gefragt. Besuchen Sie immer noch diesen Buchladen? Es ist zwar nicht mehr notwendig, aber wenn Sie darauf bestehen, könnte ich mitkommen. Wir könnten jetzt schon einen Termin vereinbaren, und ich trage ihn in meinen Kalender ein."

Ach, er hatte sogar einen Kalender? Ich fragte mich nur wofür. Ein lächerliches Bild tauchte in meinem Kopf auf, mit Ludovic, der darin sehr wichtige Termine notierte: „*Montag: ein paar Mädchen jagen gehen; Dienstag: mit der Hexe flirten, damit sie aufhört, nach ihrem toten Ehemann zu fragen; Mittwoch: über die Stadt fliegen und nach leichter Beute suchen, vielleicht ein paar ältere Damen …*"

„Julia, hören Sie mir überhaupt zu?"

Ungeduldig stieg ich auf den Schneehaufen auf dem Gehweg und kämpfte mit meinen unpraktischen Lederschuhen gegen seine rutschige Oberfläche, bis es mir gelang, um Ludovics massiven Körper herumzulaufen, ohne darauf zu warten, dass er zur Seite ging. Er zog markant eine Augenbraue hoch und beobachtete meine Kletterleistung mit völligem Unglauben.

„Nein, ich höre Ihnen nicht zu", sagte ich harsch, „ich kann allein gehen und ich werde selbst entscheiden, ob es notwendig ist oder nicht. Ich brauche keine Kindermädchen, danke."

„Es gibt einen Grund, warum ich das gesagt habe", sagte er und folgte mir in langen Schritten. „Wir haben einen interessanten Hinweis gefunden. Etwas, das Ihnen gefallen könnte. Ich versuche schon seit Tagen, es Ihnen zu sagen, aber Sie meiden mich ständig."

„Überraschen Sie mich!" Mein Tonfall war sarkastisch und ich konnte nichts dagegen tun. „Oder besser noch, lassen Sie mich raten: Sie haben Gabriels Überreste in einem abgelegenen italienischen Dorf auf einem felsigen Berg gefunden."

Ludovic neigte den Kopf zur Seite und blinzelte überrascht. „Nein?", sagte er und starrte mich an. „Woher haben Sie das? Haben Sie neue Informationen bekommen, von denen ich nichts weiß?"

Ja. Eine sehr interessante Information, um genau zu sein, die ihn beim Gespräch mit seiner Schwester über die Ablenkung meiner Aufmerksamkeit von Gabriels Fall erwischte. Natürlich sagte ich ihm das aber nicht.

„Ich weiß es nicht", log ich, „ich dachte nur, Sie würden so etwas in der Richtung sagen."

„Nein." Er senkte den Blick. „Ich habe jemanden in Italien angeschrieben und sie gebeten, für uns etwas zu recherchieren. Ihr Name ist Rosanna Bianchi. Sie hat erst vor ein paar Tagen geantwortet, und ich wollte Ihnen mitteilen, was sie mir erzählt hat."

Rosanna Bianchi. Das war der Name, der auf dem Umschlag stand, den ich auf dem Boden gefunden hatte. Letztlich hatte ich ihn am nächsten Morgen unter seine Tür geschoben, ohne ihn zu öffnen. Zumindest hat er den Namen der Frau nicht erfunden.

„Ist sie auch eine …", wollte ich fragen. Nach all den Monaten war es komisch, dass ich das Wort immer noch nicht aussprechen konnte, ohne zusammenzuzucken.

„Eine Vampirin?" Er schüttelte den Kopf. „Nein. Sie ist einfach eine gut situierte römische Dame, die mir einen Gefallen schuldet."

Das klang interessant und weckte meine Neugier. Ich gab nach. „Und was hat Mrs. Bianchi herausgefunden?"

Ich konnte nicht anders. Ich musste es einfach wissen.

„Sie hat ein Grab von Gabriel Reighton in der Nähe von Bitonto in Südwestitalien gefunden."

Meine Beine wurden plötzlich sehr schwer und ich musste mich an einer Straßenlaterne abstützen, um nicht umzufallen.

„Na, das ist ja eine Erleichterung!" Seufzend rieb ich mir die kalten und steifen Arme.

„Das freut mich", sagte Ludovic, obwohl sein Ton bitter war, „aber das ist noch nicht alles."

Kapitel 7

Julia

New York, Dezember 1946

Ein weiteres leeres Grab.

Mrs. Rosanna Bianchi hatte Gabriels Grab auf einem Friedhof in der Nähe von Bitonto gefunden. Der Name und das Datum stimmten überein. Sie hatte sogar ein paar Bestattungsunternehmer bestochen – was mich ernsthaft über die Art und den Umfang der Schuld nachdenken ließ, die diese Frau bei Ludovic Belak auf sich genommen hatte – nur um festzustellen, dass auch dieses Grab leer war.

So leer wie das auf dem Friedhof von Saint Emery.

Während ich im Zug saß und die Lichter von Emberbury in der Ferne verblassen sah, konnte ich nicht anders, als mich zu fragen, warum.

Warum sollte die Armee – oder wer auch immer meinen Ehemann begraben hatte – sich die Mühe gemacht haben, ein Grab für ihn zur Verfügung zu stellen, wenn sie keine Leiche zum Begraben hatten?

Was war in jener Nacht des 16. August 1944 geschehen, als mein Mann zum letzten Mal von seinen Kameraden gesehen worden war?

Und natürlich: Wenn Ludovic versuchte, meine Aufmerksamkeit von der Suche abzulenken, warum zum Teufel würde er mir dann solch faszinierende Neuigkeiten erzählen? Denn das half seiner Ablenkungsstrategie nicht gerade.

Bei unserer Ankunft am Bahnhof Emberbury Park hatte Ludovic den perfekten Gentleman gespielt und darauf bestanden, mich zu meinem Platz zu begleiten. Ich hatte es ihm erlaubt. Wir zogen aber bereits genug Aufmerksamkeit der anderen Reisenden auf uns: Ich bestand nämlich darauf, meinen Koffer zu tragen und riss ihn Ludovic praktisch aus den Händen, mitten auf der Treppe. Und er, gekleidet in seiner lächerlich altmodischen Kleidung, sah mich an, als wäre ich das störrischste Maultier der ganzen Stadt.

Er winkte mir mit seinem seidenen Zylinderhut zu, und ich seufzte bei dem Anblick dieses gutaussehenden, wenn auch stacheligen Mannes, der sich auf dem Bahnsteig von allen anderen abhob, und das nicht nur wegen seiner Kleidung.

***

New York, Dezember 1946

Nachdem ich den Zug im New Yorker Grand Central verlassen hatte, suchte ich mindestens dreimal den Ausgang des Bahnhofs gesucht und verirrte mich dabei. Schließlich hielt ich ein Taxi an und schaffte es gerade noch rechtzeitig zu meinem Geschäftstreffen.

Elizabeth und ich hatten jedes Wort, das ich sagen sollte, genau eingeübt, und sie hatte mich darauf trainiert, was zu tun war und wann. Für eine, die sich selten weit entfernt vom Kloster aufhielt, kannte sie sich dennoch erstaunlich gut mit Geschäftsetiketten und Handelsgepflogenheiten aus und ihre Anleitung ermöglichte es mir, bei den Vertretern des anderen Unternehmens einen makellosen Eindruck zu hinterlassen.

Die Verhandlungen erstreckten sich über zweieinhalb Tage und dank des Ratschlags meiner Vampir-Mentorin gelang es mir schließlich, den Deal noch vorteilhafter abzuschließen als erwartet. Als ich schließlich das Büro im zwölften Stockwerk eines grau wirkenden Gebäudes verließ, platzte ich fast vor Glück und Stolz.

Ich konnte kaum glauben, dass ich mit den ganz Großen der Wall Street in Kontakt gekommen war, ganz allein und in einer Unternehmensumgebung ohne weibliche Vertreter – die Sekretärin mal ausgenommen. Es war der beeindruckendste Erfolg meines Lebens, vielleicht abgesehen von dem erfolgreichen Zauber des grünen Leuchtens.

Voller Triumphgefühl suchte ich mir ein ganz teuer aussehendes Hotel und beschloss, mir an einem Café-Fenster einen Kaffee zu gönnen. Ich hatte noch mehr als fünf Stunden Zeit, um zurück zum Grand Central zu gelangen und beabsichtigte zu entspannen, während ich die belebten Gehwege von New York und die Straßen voller moderner Fahrzeuge beobachtete. Ich würde mir nun einen gemütlichen Platz suchen, um ein warmes Getränk zu genießen, geschützt vor der Kälte und dem Schnee.

Kaum betrat ich das Café, fiel mir eine Vitrine voller skulpturhafter Torten auf. Mein Mund lief beim Anblick von den Dutzenden Sahne- und Schokoladenwundern, die nebeneinander versammelt waren, förmlich zusammen.

Selbst für die Tochter eines Bäckers war diese Aussicht mehr als beeindruckend.

Von diesem Moment an interessierten mich die Wolkenkratzer oder die gut gekleideten Fußgänger draußen überhaupt nicht mehr. Nicht einmal die funkelnden Diamanten in den Schaufenstern. Ich hatte nur noch Augen für die prächtige Auswahl an Torten, Gebäck und Törtchen im Hotel. Nach Jahren der Armut und des langen Krieges war es ein berauschender Anblick, all diese luxuriösen Backwaren in einer Reihe zu sehen und die Mittel zu haben, mir zu kaufen, wonach mir der Sinn stand. Es war, als ob die Jungfrau Maria mir persönlich aus dem Himmel zuwinkte.

So bestellte ich ein verlockendes Stück Sachertorte mit einer süßen Aprikosenfüllung. Und obwohl ich von dieser Wiener Köstlichkeit bereits gehört hatte, bot sich mir nie die Gelegenheit, sie selbst zu kosten, geschweige denn eine zuzubereiten, angesichts der Knappheit an Zucker, Eiern und Butter während des Krieges.

Als ich dann meine Gabel in die obere Schokoladenschicht stach, dachte ich angsterfüllt an Ludovic und den Abend, an dem er mir dieses prächtige Stück weißer Torte mit der zartesten Glasur gebracht hatte, die ich je gekostet hatte. Die österreichische Sachertorte hatte einen reichen Umberton, fast schwarz, was sie zu einem totalen Gegenteil von Ludovics glasurüberzogenem Wunderwerk machte. Das gefiel mir. Es war meine persönliche Art zu erklären, dass ich, Julia Reighton, von diesem Moment an mein eigenes Leben in die Hand nehmen würde – und das schloss ein, dass ich mir auch aussuchen konnte, welche Torte ich wollte, wann immer ich wollte. Wenn ich nach der dunkelsten Schokoladentorte verlangte, dann war das meine Wahl. Wenn ich nur tote, dunkle und kaputte Dinge lieben konnte, dann sei es so.

Um die Erinnerung an Ludovic zu vertreiben, die meine Stimmung verdarb, nahm ich ein Buch aus meiner Tasche. Es war ein Roman von Agatha Christie, den ich in der Bibliothek der Vampire gefunden hatte. Zauberbücher würden noch in Genüge auf meinem Nachttisch im Kloster auf mich warten, denn ein verrückter Hexenjäger, der mich verfolgte, reichte vollkommen aus. Ich wollte nicht noch mehr von ihnen anlocken, indem ich in der Öffentlichkeit Hexerei-Abhandlungen las.

„Ich sehe, Sie mögen Rätsel", sagte eine unbekannte Frau.

Ohne meine Erlaubnis setzte sie sich einfach an meinen Tisch, was mich wiederum dazu brachte, an den letzten Schokoladenkrümeln beinahe zu ersticken.

Nachdem der Husten nachließ, drehte ich mich um und sah eine elegante, kurvige Dame in ihren Vierzigern, gehüllt in eine Vielzahl von raffinierten Accessoires.

„Haben wir uns schon einmal getroffen?", fragte ich und wischte mir mit einer perfekt gebügelten Serviette den Mund ab. Offensichtlich war mein flüchtiger Moment des Glücks vorbei.

„Sie sind doch Mrs. Reighton", sagte sie, „ich habe ein Bild von Ihnen gesehen."

„Ein Bild?" Ich hatte seit Jahren keines gemacht. Es sei denn, sie hatte mein Hochzeitsportrait bekommen, dann müsste sie sich irren. „Das bezweifle ich ernsthaft. Darf ich Ihren Namen erfahren?"

„Ja, natürlich. Mein Name ist Rosanna Bianchi", antwortete sie und streckte eine mit reichlich Juwelen besetzte Hand in meine Richtung aus, und ich nahm sie widerwillig an, plötzlich dessen bewusst, dass meine ungleichmäßig geschnittenen Nägel nicht optimal aussahen. „Sie haben eventuell schon von mir gehört."

Ich hatte so viele Fragen an die onyxäugige Frau vor mir, dass ich nicht einmal wusste, wo ich anfangen sollte.

„Würde es Sie stören, wenn ich mich zu Ihnen setze?", fragte sie und winkte bereits dem Kellner zu. Rosanna Bianchi schien nicht die Art von Person zu sein, die auf Erlaubnis wartete, um etwas zu tun.

„Ich dachte, Sie sind in Italien", sagte ich, schabte die Schlagsahne von meinem Teller und starrte Mrs. Bianchi mit offenem Mund an.

„Die Ozeandampfer sind heutzutage recht schnell." Der Kellner kam mit einem Cocktailglas zurück, garniert mit einer Olive, und sie schluckte den Inhalt hinunter, noch bevor es den Tisch berührte. „Noch einen Martini, bitte", sagte sie zu ihm mit einem bezaubernden Lächeln.

„Was hat Sie denn hierher verschlagen?", fragte ich.

„Geschäftliches, wie üblich. Ich bin gestern im Hafen von New York angekommen und hier bleibe ich erstmal. Ich konnte meinen Augen nicht trauen, als ich Sie hier sitzen sah! Ich habe mich jahrelang darauf gefreut, die Büros Ihres Chefs zu besuchen, und es scheint, als hätte der Herr meine Geduld endlich belohnt, indem er Sie direkt zu mir geschickt hat. Fahren Sie bald zurück nach Emberbury?"

„Ähm …", zögerte ich. Es bereitete mir Sorge, dass sie hier war, um die Vampire zu treffen. Wussten sie von ihrer Ankunft? Ich bezweifelte es stark. Sollte ich ihr sagen, dass ich kurz davor war, zum Grand Central zu fahren? Was wenn sie mir ins Kloster folgte?

Andererseits musste Elizabeth ungeduldig

darauf warten, meine Nachrichten über den Ausgang ihres Geschäftsdeals zu hören. In New York zu bleiben, bis Rosanna Bianchi magischerweise verschwand, schien auch keine gute Option zu sein.

„Tatsächlich heute noch", sagte ich und wählte meine Worte sorgfältig, während ich einen Schluck von meinem Kaffee nahm. „Aber meine Chefin, wie Sie sie nennen, wird für ein paar Wochen nicht da sein. Ich bezweifle, dass Sie sie treffen können."

Rosanna Bianchi zog ihre dünnen und perfekt epilierten Augenbrauen hoch und starrte neugierig. „Treffen? Ich dachte, Sie arbeiten für Mr. Ludovic Belak."

Sie hatte gar nichts von Elizabeth gehört? Das war ja interessant. Offensichtlich mussten ihre sogenannten Schulden mit einer privaten Angelegenheit zusammenhängen, die nur Ludovic betraf.

„Ach ja, ich meinte ja Mr. Belak … und den Rest seiner Kollegen. Auch sie sind im Moment im Ausland. Ich bezweifle, dass Ihre Termine sich überschneiden könnten." Ich hatte Angst, zu viel preiszugeben. Offensichtlich hatte sie keinen Termin mit irgendjemandem aus dem Kloster. Und soweit ich wusste, hatte dort auch niemand Termine mit Menschen.

„Ich habe Zeit", sagte sie und schmiegte sich bequem in ihren Bugholzstuhl. „Ich werde auf ihre Rückkehr warten."

„Haben Sie Mr. Belak schonmal persönlich getroffen?", fragte ich beiläufig und versuchte, die Situation zu meinem Vorteil zu nutzen und einige nützliche Informationen von ihr herauszubekommen.

„Ja, er ist ein paar Mal nach Rom gekommen", sagte sie und tippte dabei leicht auf den Tisch. Sie kämpfte sicherlich gegen den Drang an, noch einen weiteren Martini zu bestellen. „So ein interessanter Herr, nicht wahr?"

„Gewiss", sagte ich, während ich versuchte, meine Stimme distanziert klingen zu lassen.

„Sein letzter Brief war allerdings sehr merkwürdig. Ich denke, es ist an der Zeit, dass ich herausfinde, von wem ich Gefallen erbitte, bevor ich mich in Schwierigkeiten bringe. Leichen zu exhumieren, war nämlich nie eines meiner bevorzugten Hobbys."

Leichen exhumieren?

„Ich dachte, Gabriels Grab hätte sich als leer herausgestellt", sagte ich und verspürte plötzlich eine Woge von Emotionen.

Mrs. Bianchi betrachtete mich von oben bis unten und zögerte.

„Mr. Belak hat mich auf Ihre Bitte hin um einen Gefallen gebeten, ja", sagte sie, während sie eine widerspenstige schwarze Haarsträhne zurückschob. „Und lassen Sie mich sagen, ich fand seine Bitte … sehr seltsam, um es milde auszudrücken."

„Das kann ich mir vorstellen", gestand ich. Ich saß auf meinen Händen und versuchte, meine Aufregung zu verbergen. „Ludovic, ich meine, Mr. Belak hat mir erzählt, dass Gabriels Überreste auch nicht in Italien wären."

„Das ist richtig", sagte sie, „wahrlich verwirrend. Allerdings nicht so sehr wie das Interesse Ihrer … Chefin, die an solch einer eigenartigen Bitte interessiert war. Nicht böse gemeint, aber Ihr Ehemann war nicht der einzige Mann, der während des Krieges verschwunden ist. Es gab Tausende wie ihn. Warum sollte Mr. Belak unsere vergangenen Schulden … nutzen, um einer einfachen Angestellten zu helfen?"

Ich zuckte mit den Schultern. Ludovic hatte gesagt, dass er mir helfen wollte, abschließen zu können, damit ich meine Vergangenheit hinter mir lassen und ein neues Leben beginnen könnte. Damals hatte ich ihm geglaubt. Jetzt war ich mir nicht mehr so sicher.

„Weil, wenn es für jemanden so diszipliniert und vornehm wie Mr. Belak nicht so unwahrscheinlich wäre", fuhr sie fort und hielt ihr leeres Cocktailglas fest, während sie mich darüber hinweg anschaute, „würde ich wagen zu behaupten, dass sein Interesse an Ihnen über das Berufliche hinausgeht."

Rosanna Bianchi machte eine Pause, um mein Gesicht zu betrachten, aber ich gab ihr nicht das Vergnügen einer überraschten Reaktion. Ich blieb regungslos sitzen, lächelte wie die Mona Lisa und hoffte, dass sie weiterreden würde.

„Er war sehr, sehr interessiert daran, herauszufinden, was mit Gabriel Reighton geschehen ist. Und lassen Sie mich Ihnen ein kleines Geheimnis verraten ..." Sie blinzelte und senkte ihre Stimme zu einem sinnlichen Flüstern: „Ich hatte das Gefühl, er würde Ihren Ehemann lieber ... *tot* finden."

***

Diese hartnäckige Italienerin schien sich vorgenommen zu haben, mein Schatten zu werden. Aber das Gefühl der Verfolgung, veranlasste mich dazu, mich eine halbe Stunde lang im Badezimmer zu verstecken, in der Hoffnung, ihr den Eindruck zu vermitteln, dass ich das Restaurant durch eine Hintertür verlassen hätte. Aber nach einer Weile klopfte sie dann schon an die Tür meiner Kabine und fragte, ob es mir schlecht ginge oder ob ich Hilfe bräuchte. Sie schien wohl durchaus in der Lage zu sein, die Tür hochzuklettern, um nach meinem Befinden zu sehen, also musste ich wieder herauskommen.

Rosanna Bianchi belästigte mich solange, bis ich schließlich einwilligte, mit ihr ein Taxi zu nehmen. Während der gesamten Fahrt flirtete sie dann mit dem Fahrer und sprach absichtlich Worte falsch aus. Sie lachte sinnlich, als der Chauffeur darauf hinwies, dass sie versuchte, mit italienischen Lire zu bezahlen, und ich beobachtete ihren Auftritt schweigend, in der Hoffnung, etwas Nützliches von ihr zu lernen. Rosanna war nicht besonders hübsch oder jung, aber sie hatte eine Ausstrahlung, die alle in Ehrfurcht erstarren ließ.

Als wir in den Zug zurück nach Emberbury stiegen, überkam mich dann das Entsetzen. Mrs. Bianchi hatte ihre Anziehungskraft dazu genutzt, um einen Platz im selben Abteil wie ich zu bekommen, und nun bohrte sie mit ihren schwarzen Augen, die rund und aufmerksam wie die eines Uhus waren, nach meinen Antworten, während sie mich über meine Arbeit im Kloster befragte. In den folgenden Stunden lernte ich, dass es eine maximale Anzahl von Malen gab, die man Dinge als schön beschreiben konnte, ohne dabei wie ein Einfaltspinsel … oder ein Lügner zu klingen.

Ludovic sollte mich um 3 Uhr morgens am Bahnhof abholen. Die Zugstopps folgten einander unerbittlich, genau wie Mrs. Bianchis gezielte Fragen. *Was verkaufte die Firma von Mr. Belak? Wohin war er auf Geschäftsreise? Reiste er oft? Wie alt war er?*

Elizabeth hatte mir ein paar Standardantworten gegeben, um unsere Geschäftspartner in New York zufriedenzustellen, aber bald gingen mir auch diese aus. Wenn ich nicht bald einen Weg fand, Rosanna Bianchi loszuwerden, würde sie sehr viel genauere Antworten erhalten, viel schneller, als sie dachte.

Eine Idee begann sich dann plötzlich in meinem Kopf zu entwickeln, als der Zug langsamer wurde, um in die Stadt einzufahren. Ludovic würde auf mich am Emberbury Park Bahnhof warten. Aber ich könnte eine Station früher aussteigen, am Emberbury Central. Auf diese Weise würde ich verhindern, dass meine Reisebegleiterin ihn gegen seinen Willen treffen würde oder noch schlimmer, uns ins Kloster folgen würde.

„Wo genau wohnen Sie?", fragte Rosanna und trug erneut Lippenstift auf, als würde sie erwarten, dass am Bahnsteig die Presse auf sie wartete.

„Ich werde heute Nacht in einem Hotel übernachten." Das Lügen wurde immer schwieriger. „Meine Wohnung wird gerade … renoviert."

„Na, das ist ja großartig! Wir können im selben übernachten, wenn es Ihnen nichts ausmacht!"

Natürlich. Eine halbe Stunde später checkten wir im nächstgelegenen Hotel ein. Die Gebühr war teuer, aber Mrs. Bianchi schien sich nicht daran zu stören. Wir hatten sogar das Glück, benachbarte Zimmer zu bekommen.

Als ihre sprudelnde Unterhaltung endlich nachließ, wünschte ich ihr eine gute Nacht und schlich mich erleichtert in meine Unterkunft. Ich setzte mich nicht einmal aufs Bett, aus Angst, einzuschlafen. Stattdessen benutzte ich das Badezimmer und wartete auf einem Stuhl, mein Ohr an die dünne Wand gedrückt, auf Anzeichen, dass Rosanna eingeschlafen war. Als ihr Licht ausging, wartete ich zwanzig Minuten lang und schließlich schnappte ich mir mein Gepäck und schlich aus dem Hotel, in der Hoffnung, dass sie mich währenddessen nicht hören würde.

Kapitel 8

Julia

Emberbury, Dezember 1946

Die Straßen waren dunkel und rutschig und ich fluchte über Mrs. Rosanna Bianchi, die mir nachstellte und mich zwang, auf den matschigen Gehwegen in den Stunden vor dem Morgengrauen erschöpft und allein zu gehen.

Der Koffer war zwar nicht besonders schwer, aber ich war schläfrig und stolperte über einen halb im Schnee vergrabenen Stock. Ich fiel hin und fluchte laut, war aber dennoch erleichtert, dass mich niemand hören konnte.

Zu meiner Überraschung bot mir ein freundlicher Fremder seine Hand an und half mir aufzustehen. Als ich ihn ansah, fühlte es sich an, als würde eine Bombe direkt auf meinen Kopf fallen.

„Mr. Sheen", murmelte ich mit zittriger Stimme. Es war ein Mr. Sheen aus der Buchhandlung, aber welcher? Der verrückte? Oder der nette?

„Ist es nicht ein bisschen früh für eine so reizende Dame, allein auf den Straßen zu wandeln?" Seine Augen verengten sich gehässig. „Oder sollte ich sagen ... spät?"

Ich versuchte, meine Nerven zu beruhigen. Nur noch ein paar Blocks, und ich würde den Friedhof Saint

Anne erreichen. Dann würde ich ins Bett gehen und Rosanna Bianchi, die Sheens und all die üblen Dinge, die in letzter Zeit vorzugehen schienen, endlich vergessen.

„Ich musste arbeiten", murmelte ich und hob meine Handtasche auf, die direkt in einer halb gefrorenen Pfütze gelandet war. „Und jetzt, wenn Sie mich entschuldigen, würde ich wirklich gern nach Hause gehen."

Als ich versuchte, mich von ihm zu entfernen, hielt er meinen Arm so fest, dass ich schrie.

„Ich sagte gute Nacht, Mr. Sheen", zischte ich und entfernte seine Krallen einzeln mit meiner Hand.

Der Mann lächelte ruhig und beobachtete, wie ich seine Finger bearbeitete. Inzwischen machten seine Augen eine psychotische Bewegung, ähnlich wie die, die ich in der Buchhandlung gesehen hatte. Bis dahin wusste ich sicher, welchem der Sheens ich die Ehre hatte, gegenüberzustehen.

Dem Verrückten natürlich.

„Sie müssen einen faszinierenden Job haben, gnädige Frau." Er griff nach meinen Handgelenken, und seine langen Nägel verletzten mich durch die dünnen Lederhandschuhe. „Haben Sie Zeit, noch einen weiteren Kunden aufzunehmen? Oder soll ich im Voraus reservieren?"

Ich hätte ihm ins Gesicht geschlagen, aber ich konnte mich nicht aus seinem Griff befreien, also tat ich das Nächstbeste: Ich spuckte ihm ins Gesicht.

„Sie werden so nicht mit mir sprechen, Mr. Sheen. Ich werde die Polizei rufen."

Während er sein Gesicht abwischte, befreite ich mich schnell aus seinem Griff. Ich ließ den Koffer zurück, rannte über die vereisten Gehwege, rutschte mehrmals aus und wäre beinahe hingefallen. Meine Handtasche fiel von meiner Schulter, aber ich verlor auch hier keine Zeit damit, sie aufzuheben. Mein Blick war nur noch auf den Zaun des Parks gerichtet, der nicht mehr so weit entfernt war.

Es gab eine Lücke unter dem Zaun, von der ich wusste, und ich schlüpfte in der Hoffnung hindurch, dass mein Verfolger es nicht bemerken würde. Um die Bäume herum stürmte ich verzweifelt auf die Friedhofstore zu, die im Mondschein sanft schimmerten. Als ich sie erreichte, ließ ich meinen Körper gegen das eiserne Tor krachen und fummelte verzweifelt am Griff herum.

Die Tür war verschlossen und ich hatte keinen Schlüssel. Er befand sich in meiner Handtasche, irgendwo auf der Straße.

Mr. Sheen näherte sich.

Ich würde klettern müssen.

Schwere Schritte zermalmten das Eis und die gefallenen Blätter des Saint Anne Parks. Ich kletterte über das aufwendige Schmiedeeisen der verrosteten eisernen Türen und sprang hinein.

Außer Atem hockte ich mich hinter einen keltischen Kreuzgrabstein und blieb völlig regungslos sitzen, in der Hoffnung, dass er einfach weiterging, ohne mich zu bemerken.

Jemand hatte ein paar Kerzen um das Engelsmausoleum herum angezündet. Auf diesem verlassenen Friedhof konnte das nur eines bedeuten: Ein Mitglied des Klosters wartete in der Nähe auf mich, was eine sehr gute Nachricht war.

Ich würde warten, bis Ed Sheen weg war, und an die Luke klopfen, die zu den Katakomben führte. Hoffentlich würde einer der Vampire sie von innen öffnen und ich könnte endlich in Frieden schlafen gehen.

Als die kalte Klinge meinen Hals berührte, verwechselte ich sie zuerst ganz naiv mit einer Schneeflocke.

Ed Sheen hielt ein scharfes Messer in der Hand wobei er mich mit dem gesamten Gewicht seines Körpers gegen den Grabstein drückte und die Klinge an meine Kehle presste.

„Sie wirken jetzt nicht mehr so furchterregend, Hexe." Sein Atem roch nach Zwiebeln und billigem Alkohol.

„Ich bin keine Hexe", raunte ich verzweifelt und versuchte, ihn wegzuschieben. Er war schwer, und die Schnalle seines Gürtels drohte, ein Loch in meine Hüfte zu bohren.

Ed verzog das Gesicht. „Wie könnten Sie sonst von Catalina Kodrinova wissen, gnädige Frau? Keine anständige Dame hat je nach einem dieser Bücher gefragt."

„Stecken Sie das Messer weg!", schrie ich und versuchte vergeblich, ruhig zu klingen. Das Letzte, was ich wollte, war, einen bewaffneten Wahnsinnigen zu erschrecken, der flach auf meiner Brust lag.

Ed Sheen nahm die Klinge von meinem Hals und rutschte ein Stück beiseite. Dann schob er die Spitze des Messers durch meine Bluse und zwischen meine Brüste, bis hinunter zu meinem Bauchnabel und darunter. Kalt und verängstigt begann ich zu zittern.

„Man sagt, Hexen sind wollüstige Kreaturen. Würden Sie da zustimmen, gnädige Frau?" Ich schüttelte den Kopf und versuchte, ihn mit meinen Blicken zu verbrennen. „Aber Sie riechen auch noch nach etwas anderem …" Er schnupperte in die Luft und schloss die Augen. „Untote Kreaturen. Habe ich recht? Sie stinken nach Tod, so stark, dass ich überrascht bin, dass Sie trotzdem noch atmen. Oder atmen Sie überhaupt? Schließlich war das hier ein Friedhof."

Während er sprach, tastete ich herum und suchte nach einem Stock oder einem Stein, mit dem ich ihn schlagen könnte. Ich fand aber nichts.

„Du sollst keine Hexe am Leben lassen", sagte er nachdenklich und zeichnete mit seiner Klinge Kreise direkt unter dem Saum meines Rocks. Die Klinge schnitt in meine Oberschenkel, und ich rang nach Luft.

„Nicht schon wieder dieser alte Unsinn", knurrte jemand im Hintergrund und Ed Sheens Augen weiteten sich überrascht, als er bemerkte, dass wir nicht mehr allein waren.

Ludovic.

Als er sich auf Ed Sheen stürzte, drückte der Wahnsinnige das Messer gegen meinen Hals. Ludovics Augen blitzten vor Wut. Als er den Mund öffnete, funkelte sein scharfes Gebiss im Mondlicht und er biss dem Mann mit der Brutalität eines Tieres gnadenlos in den Hals. Ed Sheen schrie und drückte das Messer tiefer in meinen Hals. Der Schmerz wurde so heftig, dass ich dachte, ich würde in Ohnmacht fallen. Blut strömte aus den offenen Wunden, meine und Eds, und meine Lungen schrumpften unter dem Gewicht des Mannes und erstickten mich.

„Lassen Sie mich los oder sie stirbt!", gurgelte Ed Sheen.

Ich wusste, dass er nicht log, denn seine Hand bewegte sich näher und alles wurde dunkler.

Ludovic knurrte und löste seine Fangzähne mit einem wilden Kopfschütteln vom Hals des Mannes.

Ich hörte Ed Sheen fliehen und bald wurden

seine Schritte zu einem leisen Rascheln, das sich mit der Nachtbrise vermischte.

Als ich in Ludovics Armen einschlief, erfüllte der Duft von Bergamotte die Luft, und ich verschmolz mit dem Schnee auf dem Boden.

***

Eine Masse weicher, seidiger Locken strich an meiner Wange entlang.

Ich wachte auf, weil ein Vampir das Blut an meinem Hals leckte und der Schrecken lähmte mich.

Ich hielt den Atem an und tat so, als ob ich schlief und dachte dabei an die Bösartigkeit in Ludovics Augen, als er Ed Sheen gebissen hatte. Ich presste meine Augen zusammen und befahl dem Nebel, mein Gehirn zu verlassen.

Ein weicher, warmer Stoff bedeckte dann den Grabstein. Samt. Ganz sicher schwarzer Samt. Ich streichelte ihn dezent und wartete träge auf den letzten Schlag. Ich lag immer noch auf dem Friedhof von Saint Anne umgeben von Kerzen auf einem Stein und ein tödlicher Vampir beugte sich über mich, gestützt auf Arme und Knie.

Ludovics Lippen wanderten von meinem Ohr zu meiner Schulter und ich lag regungslos und erwartungsvoll da. Seine Atemzüge waren tief und langsam, seine Nase wanderte meinen Hals hinauf, bis seine Augen auf die meinen traten.

Jetzt wusste er, dass ich bei Bewusstsein war.

„Ich habe Sie gesucht wie ein Verrückter", flüsterte er mir ins Ohr und ich stöhnte auf, als sein Haar meine Haut erneut kitzelte.

Mein Hemd war zerrissen und klebrig und ich

griff hinüber, um die Schnitte an meinem Hals zu berühren.

Sie waren verschwunden.

Der Schmerz, das Blut, alles war weg.

Seine Küsse hatten meine Wunden versiegelt.

War er gekommen, um mich zu töten oder um mich zu heilen?

So tödlich er auch sein mochte, zu keinem Mann hatte ich mich in meinem ganzen Leben mehr hingezogen gefühlt.

Ludovic wich zur Seite und setzte sich wachsam neben mich auf den Boden. „Er wird keinen weiteren Sonnenaufgang erleben", sagte er leise.

Ich musste mich sehr anstrengen, um zu begreifen, dass er von Ed Sheen sprach.

„Und was ist mit mir?", fragte ich mit zitternder Stimme.

„Was meinen Sie, meine Liebe?", fragte er, beugte sich hinunter, um mir das Haar aus dem Gesicht zu streichen und ließ meinen ganzen Körper vibrieren.

„Werde ich noch einen Sonnenaufgang erleben?"

Ludovic senkte die Stimme und antwortete mit halb geschlossenen Augen. „Sie, meine liebe Julia, werden die Sonne am Himmel aufgehen sehen, solange ich hier bin, um über Sie zu wachen." Er gab mir einen sanften Kuss auf die Stirn. „Und wenn keine Sonnenaufgänge mehr übrig sind, werde ich Ihnen alle Sonnenuntergänge schenken, wenn Sie sie denn möchten."

***

Als wir uns voneinander lösten, hatte der schwarze Himmel bereits begonnen, sich in einen schwachen lila Farbton zu verwandeln. Ich küsste Ludovic erneut und atmete seinen Zitrusduft ein. Bald würden uns die brennenden Sonnenstrahlen zwingen, unsere Ecke hinter dem keltischen Kreuzgrabstein zu verlassen. Wir würden uns in den Katakomben verstecken und ich würde weiterhin alltägliche Aufgaben erledigen. Vielleicht sogar so tun, als sei nichts geschehen, ganz so wie beim ersten Kuss.

Aber bis dieser Moment kam, würde ich meine Finger über diese seidenen Locken streichen, die dunkler als das Schwarze Meer waren, und versuchen, diese letzte Stunde in meinem Gedächtnis einzuprägen. So könnte ich sie später hervorholen, wenn das Leben düster werden würde und ich schöne Erinnerungen bräuchte, um mich über Wasser zu halten.

„Ich muss reingehen", murmelte er leise, bewegte sich jedoch kein Stück. Wir lagen seitlich auf dem Boden, zusammengerollt unter den Falten seines Umhangs. Überraschenderweise war mir nicht mehr kalt. Als ich dachte, dass er mein Blut trinken würde, hatte er stattdessen meine Wunden geleckt und versiegelt. Jetzt waren sie verschwunden, und alles, was ich fühlte, war Glück.

Es war seltsam, so glücklich zu sein, an einem der unverhofftesten Orte, mit dem unverhofftesten Gefährten.

Ich setzte mich auf, knöpfte meinen Mantel über das zerrissene Hemd und starrte auf die Flammen der Kerzen um uns herum.

„Haben Sie die angezündet?", fragte ich ihn und nahm eine davon in die Hand. Ich schützte die flackernde Flamme mit meiner Handfläche. Es war ein zerbrechliches kleines Ding. Ganz wie ich. Ein winziges, flackerndes Objekt, aber … ließ man es auf trockenes Laub fallen, könnte es ein gewaltiges Feuer entfachen.

Er nickte. „Ja, habe ich. Nur für den Fall, dass Sie sich verlaufen hätten", sagte er mit einem seltsam schüchternen Schulterzucken.

„Wie könnte ich mich auf dem Weg nach Hause verlaufen?"

Ludovic lächelte und umarmte mich. „nach Hause", wiederholte er warm.

Ein kleines Tier, vielleicht ein Kaninchen, sprang plötzlich auf der gegenüberliegenden Seite des Friedhofs umher und wirbelte Blätter und Frost um sich herum auf. Ein paar weitere folgten und Ludovic zuckte zusammen.

„Keine Sorge, es sind nur ein paar Kaninchen", sagte ich und zog ihn wieder in meine Arme.

„Das müssen aber wirklich große Kaninchen sein", sagte er verwirrt.

Als ich mich umdrehte, schwebte der hölzerne Pflock bereits über seinem Kopf.

Ed Sheen war zurück und bereit zu töten.

Durch das Geräusch der springenden Tiere hatten wir ihn nicht kommen hören.

Schnell nahm ich den Pflock am unteren Ende und zog mit aller Kraft daran. Inzwischen stand Ludovic auf und versuchte, dem Angriff auszuweichen. Doch Ed war schneller und der Pflock sank in Ludovics Seite, knapp an seinem Herzen vorbei. Ludovic stolperte und fiel zusammengerollt zu Boden.

Keuchend zögerte ich einen Moment lang, zwischen dem Drang, ihm zu helfen, und der Suche nach einer scharfen Waffe.

Ed schlenderte selbstgefällig auf Ludovic zu, der damit kämpfte aufzustehen. Der Buchhändler hob den Pflock erneut in die Luft und grinste.

„Ihr hattet den Vampirjäger so schnell nicht wieder erwartet, was?", fragte er erfreut. „Konnte mir die Gelegenheit einfach nicht entgehen lassen, einen Blutsauger und eine Hexe auf einen Schlag zu töten."

Verzweifelt schnappte ich mir eine der Kerzen, atmete tief ein und zielte auf Ed Sheen.

„Viridi Lux!", schrie ich und warf sie in seine Richtung.

Die Kerze traf den Pflock, den er hielt, und entzündete ihn. Ein grünes Leuchten umgab das Holz, und Ed ließ es in einem unwillkürlichen Reflex fallen.

Es war genau die Ablenkung, die Ludovic benötigte. Als er aufstand, stürmte ich von der anderen Seite heran. Ich warf mich wie eine Kanonenkugel auf den Jäger und schaffte es, Ed zu Boden zu stoßen, während Ludovic sich auf seinen Nacken warf.

Diesmal gab es keine Gnade mehr für Mr. Sheen. Bevor ich wegschauen konnte, hatte Ludovic seine Fangzähne in den Hals des Buchhändlers versenkt, und ich sah wie hypnotisiert zu, wie dem Mann alle Farbe aus den Wangen wich und er schließlich wie ein totes Gewicht auf den Boden fiel.

In genau diesem Moment lugte der erste Sonnenstrahl zwischen den Wolken hervor und Ludovic verschwand in einer Rauchwolke und verwandelte sich in einen prächtigen schwarzen Raben, der in die Baumwipfel flog.

Ich blieb allein mit Ed Sheens reglosem Körper zurück und stand zwischen den alten Gräbern auf einer kalten Schneedecke. Als ich dachte, der Morgen könnte nicht noch schlechter beginnen, informierte mich ein

Aufschrei darüber, dass ich nicht so einsam auf dem Friedhof war, wie ich mir vorgestellt hatte.

Rosanna Bianchi war auf der anderen Seite des Tors, hielt sich beide Hände vor den Mund und eine Grimasse des Schreckens verzerrte ihr würdevolles Gesicht.

Kapitel 9

Julia

Emberbury, Dezember 1946

Rosanna Bianchi rannte davon und ich ging gefolgt von Ludovic zurück in die Katakomben.

Bald darauf materialisierte er neben mir. Ein ängstlicher Blick erschien auf seinem Gesicht, als er Elizabeth im Flur sah, die dort mit verschränkten Armen und einer tiefen Falte auf der Stirn stand.

„Wer ist diese Frau, und warum hast du sie entkommen lassen?", fragte sie wütend. „Wie konntest du es zulassen, dass sie flieht? Sie hat gesehen, wie du einen Mann getötet hast. Nicht nur das, sie kennt sogar den Ort unseres Unterschlupfes!"

„Elizabeth, ich kann es erklären", sagte Ludovic. Seine Stimme zitterte, was ganz selten für ihn war. „Ihr Name ist Rosanna Bianchi. Ich habe sie vor sieben Jahren in Italien getroffen. Sie …" Er hielt inne und atmete tief durch. „Sie hat herausgefunden, dass ich ein Vampir bin. Aber sie hat es niemandem erzählt. Ich weiß ganz sicher, dass man ihr vertrauen kann."

Ich konnte kaum glauben, was ich hörte, und Elizabeth anscheinend auch nicht, wie ihr Ausdruck verriet.

„Ich bin entsetzt über dein leichtsinniges Verhalten", sagte sie nach einer Weile und schüttelte ungläubig den Kopf.

Danach war ihr Urteil schnell und unerbittlich.

Das Einzige, was im Kloster heilig war, waren Elizabeths Regeln. Es war allen Außenstehenden verboten, von dem Clan und seinem Versteck zu erfahren.

Rosanna wusste zu viel, und nach sieben Jahren war es zu spät, sie vergessen zu lassen.

Sie würde sterben müssen.

Nachdem sie ihr Urteil ausgesprochen hatte, verließ Elizabeth den Raum und Ludovic betrat Francescas Zimmer, nach dem Kampf mit Ed Sheen immer noch mit Blut bedeckt. Ich wartete in einer Ecke des Flurs und lauschte ihrem Gespräch.

Das war der Moment, als das Schreien begann.

Francescas Schreie gingen durch Mark und Bein und es lag etwas Animalisches in der Art, wie sie brüllte; etwas völlig Irrationales, das meine Haut kribbeln ließ und selbst die feinsten Härchen aufstellte.

„Elizabeth will sie tot sehen", sagte Ludovic mit zitternder Stimme, während er entsetzt gestikulierte. „Sie wusste zu lange von mir. Ich hätte es nicht zulassen dürfen, aber … du weißt, warum ich es getan habe. Und jetzt können wir ihr nicht mehr die sieben Jahre ihres Lebens nehmen."

Francesca schrie, zerrte an ihren Haaren. Sie riss eine ganze Strähne goldener Locken heraus und warf sie auf den Boden. Sie breitete sich über den Fliesen wie eine Wolke verfluchten Feenstaubs aus.

„Es tut mir so leid, meine Schwester. Es tut mir leid", sagte Ludovic, und etwas, das Tränen ähnelte, entwich seinen Augen.

Ich versuchte, mich unauffällig zu verhalten, während ich beide Vampire anstarrte, Bruder und

Schwester. Francescas Gesicht war vor Trauer kaum wiederzuerkennen und Ludovic hielt sie mit einer Liebe und Hingabe, die so tief waren, dass sie den ganzen Raum erfüllten. Doch sein Griff war auch fest. Fest genug, um die zierliche Frau davon abzuhalten, alles um sich herum … und sich selbst zu zerstören.

Für mich war es schwer, die Reaktion der Belaks auf Rosannas Verurteilung zu verstehen. Wie ich erfahren hatte, war das Töten von Menschen im Kloster kein Tabu. Sie taten es nur nicht oft.

Francesca umarmte ihren Bruder, hob ihn dann wie eine Feder hoch und schickte ihn durch den Flur. Als er versuchte aufzustehen, lief sie ihm hinterher, mit Augen, die wie glühende rote Kohlen leuchteten. Sie zertrümmerte einen Stuhl und riss eines seiner Beine ab. Dann versuchte sie, mit diesem Bein ihren Brustkorb zu durchbohren.

Gerade rechtzeitig erschien Elizabeth und hielt sie auf.

Als das Schreien abebbte, fielen die Augen der Vampirin auf mich, wie ich mich auf der anderen Seite des Korridors verkrochen hatte.

Sie öffnete den Mund und zischte mich mit ihren hervorstehenden Fangzähnen bedrohlich an.

„Du!", schrie sie, zeigte mit einem langen, knochigen Finger auf mich. „Alles deinetwegen!"

Sie versuchte, mich anzugreifen, aber drei andere Vampire eilten herbei, um sie aufzuhalten, alarmiert von den Kampfgeräuschen. Es erforderte ihre vereinten Anstrengungen, die rasende Francesca zurückzuhalten, die sie biss, alles und jeden trat und sich benahm wie der Teufel höchstpersönlich.

Erst als Elizabeth den Pflock über Francescas Kopf hob, brach die winzige blonde Frau zu einem

Haufen auf dem Boden zusammen und fing an zu schluchzen.

„Du kennst die Regeln", sagte Elizabeth bestimmt. In ihrer Stimme lag ein leichter Anflug von Traurigkeit. „Keine Ausnahmen. Es tut mir leid, Francesca. Dein Bruder hätte nicht so viel preisgeben sollen. Wenn sie nicht vergessen kann, muss Mrs. Bianchi sterben. Sonst seid ihr beide dran."

***

Elizabeth befahl Ludovic, sich um Rosanna Bianchi zu kümmern. Sie machte ihn dafür verantwortlich, sie gedankenlos über viele Jahre hinweg in die Katakomben gelockt zu haben, womit er zu viel persönliche Informationen mit ihr geteilt hatte. Auch ich sollte mitschuldig sein. Meine Aufgabe würde es sein, Mrs. Bianchi am nächsten Abend an einen dunklen Ort zu locken, damit Ludovic die Angelegenheit schnell klären könnte.

Innerlich fürchtete ich, dass Francesca recht hatte und alles meine Schuld war. Mein Wunsch, mehr über Gabriels Tod herauszufinden, hatte ein schreckliches Durcheinander verursacht. Ich hatte endlich erkannt, dass Gabriel wirklich tot war, wo auch immer er war, und keine Suche würde ihn ins Leben zurückbringen. Die ganze Suche war sinnlos gewesen. Andererseits war Rosanna Bianchi nur eine unschuldige lebendige Frau gewesen, die versucht hatte, mir zu helfen. Ich hatte sie zu einem Vampirnest geführt und leider hatte sie zu viel gesehen.

Francesca schmollte weiterhin und ich hörte, wie Lillian vorschlug, sie in einem Verlies anzuketten, bis sie sich beruhigte.

Den nächsten Tag verbrachte ich mit schwerem Herzen, während mir immer wieder eine einzige Frage im Kopf herumspukte: Warum war Francesca wegen Mrs. Bianchi, einer fremden Frau, die sie nie getroffen hatte, so außer sich?

***

„Lassen Sie uns gehen", sagte Ludovic bedrückt, als die Nacht über Emberbury hereinbrach. Wir gingen gemeinsam die Treppe hinauf, in Stille gehüllt, unsere Schritte hallten wider, als wir der Oberfläche näherkamen.

Ein Knoten hatte sich in meinem Hals festgesetzt und hinderte mich am Sprechen. An seinem Blick erkannte ich, dass es ihm auch nicht viel besser ging.

„Bringen Sie sie zuerst zum Abendessen", sagte er, „lassen Sie es für sie zu einem schönen Abend werden. Beantworten Sie alle ihre Fragen. Es spielt ja keine Rolle mehr."

Ludovic ging mit gesenkten Schultern, so sehr, dass sie seinen üppigen Samtumhang kaum noch halten konnten. Obwohl er nicht so sehr betroffen war wie Francesca, wirkte sein trauriger Blick verschwommen und abwesend.

„Ich wünschte, ich hätte damit nicht angefangen", sagte ich und schüttelte den Kopf. „Es ist alles meine Schuld."

„Nein, ist es nicht", antwortete er mit einem tiefen Seufzer. „Es hatte nichts mit Ihnen zu tun. Sie wäre früher oder später sowieso gekommen. Ich habe zu viel mit ihr interagiert. Ich hätte es nicht tun sollen, aber ich fühlte mich einfach verpflichtet."

„Warum? Was haben Sie getan?"

„Am Anfang des Krieges war sie in Schwierigkeiten und ich habe ihr meine Hilfe angeboten. Ich hätte es anonym tun sollen, aber ich war zu begierig darauf, sie zu treffen."

In diesem Moment konnte ich nur an einen Grund denken, warum ein Mann so etwas tun würde, und es ließ mich seltsam eifersüchtig auf Mrs. Bianchi sein.

„Sie haben sie geliebt", stellte ich fest und erinnerte mich daran, wie alle auf den belebten Straßen von New York Rosannas anmutigen Gang angestarrt hatten.

Ludovic lächelte schwach und schüttelte den Kopf. „Ja, aber nicht so, wie Sie denken."

Ich neigte den Kopf in einer stillen Frage und er strich eine Haarsträhne aus meinem Gesicht.

„Ich liebe sie, weil sie Teil unserer Familie ist. Sie ist Francescas Urenkelin. Aber Rosanna weiß es nicht."

Kapitel 10

Julia

Emberbury, Dezember 1946

Ich fühlte mich wie ein Henker, der sein Opfer zum Galgen führte.

Rosanna Bianchi wartete bereits auf mich im Restaurant, makellos gekleidet in einem indigofarbenen Kleid mit ausgestelltem Rock, ihr Haar geschmückt mit einer geschmackvollen Pfauenfeder-Kopfbedeckung.

„Ich dachte, er würde mitkommen", sagte sie enttäuscht. Ich hatte im Hotel angerufen und eine Nachricht beim Concierge hinterlassen, sie zum Abendessen in eines der besten Restaurants der Stadt einzuladen.

„Er … schafft es nicht, aber Sie werden ihn später noch sehen", sagte ich mit einer Spur von Unbehagen in meiner Stimme, wobei sich mir der Magen umdrehte.

„Ich weiß, was er ist", sagte sie und schaute mir intensiv in die Augen. „Ich weiß es, seit er im Herbst 1939 vor meiner Tür erschien. Damals hatte ich keine Angst und jetzt auch nicht." Ich bewunderte ihren Mut. Wenn sie nur wüsste, was sie erwartete. „Und du?"

Ich schüttelte den Kopf. „Ich habe keinen Grund dazu."

„Dachte ich mir", sagte sie und legte die steife

weiße Serviette sorgfältig über ihren Schoß. „Möchtest du wissen, wie ich darauf gekommen bin? Denn es lag nicht an seiner mangelnden Zurückhaltung, sei versichert."

„Erzählen Sie es mir", sagte ich leise.

„Das Grab deines Mannes ist nicht das einzige leere Grab im Süden Italiens. Meine Urgroßmutter Angela wurde in einem Korb vor der Tür einer wohlhabenden Familie gefunden. Es war ein schlecht gehütetes Geheimnis in der Stadt, weil ihre Adoptivmutter jahrelang keine Kinder bekommen konnte und sie nie schwanger gesehen wurde. Meine Mutter war immer neugierig herauszufinden, wo Angela herkam. Jeder sagte, sie müsse ein unerwünschtes Baby gewesen sein, eine Bastardin."

Es war außerdem nicht schwer zu erraten, wer Angelas Mutter gewesen sein könnte, und ich spürte, wie sich Tränen unter meinen Augenlidern sammelten.

„Bitte", sagte Rosanna und winkte, als wolle sie die schweren Gedanken vertreiben. „Solche Dinge passierten damals oft. Nichts Außergewöhnliches. Meine Urgroßmutter Angela hatte das Glück, eine gute Familie zu finden, die sie aufzog. Aber meine Mutter war neugierig. Sie verbrachte die meiste Zeit in der Kirche, ging aber nur selten zum Beten dorthin. Was sie stattdessen tat, war Tratschen, Sterberegister lesen und über Friedhöfe schlendern. Sie suchte zudem ständig nach Angelas Mutter. Und eines Tages stieß sie auf die Geschichte von Francesca und Ludovic Belak. Einige ältere Damen aus einem Dorf in der Nähe von Neapel erinnerten sich noch daran. Und diese lautet so ..."

Der Kellner servierte unsere Vorspeisen, und Rosanna bedankte sich lächelnd, bevor sie fortfuhr.

„Francesca war die Tochter einer Neapolitanerin

und eines slawischen Mannes. Eine wahre Schönheit, zu viel für ihr eigenes Wohl. Sie arbeitete als Gouvernante und unterrichtete die Tochter eines verwitweten Baronets, und dieser verliebte sich in sie. Angela war wahrscheinlich die Tochter des Witwers, erzwungen und in Sünde gezeugt. Nach der Geburt von Baby Angela wurde die arme junge Mutter gezwungen, sich ihrer zu entledigen."

„Das ist so furchtbar traurig." Ich sank auf meinem Stuhl zusammen und fing an zu verstehen, welch tiefe Trauer Francesca empfand.

„Das ist es in der Tat. Aber die Geschichte endete dort nicht. Francesca verließ ihre Stelle im Haushalt und – ihre Worte, nicht meine – wählte den Weg zur Verdammnis. Man sah sie danach viele anstößige Dinge tun, und ihr Bruder brach alle Verbindungen zu ihr ab, behielt seine ehrliche Arbeit als Koch bei und verlobte sich mit der anständigen Tochter eines Bauern. Doch schließlich wurde der verdorbene Witwer ermordet aufgefunden. Ein abscheulicher Tod, wie man sagt. Sie fanden ihn in seinem Bett, völlig zerstückelt und vollkommen blutleer. Böse Zungen behaupten, Francesca habe einen Teufel in sich aufgenommen, als Strafe für ihre Sünden. Und nicht nur das, sie zog auch ihren Bruder mit in die Hölle. Kurz nach dem Tod des Witwers flohen beide Belaks dann aus dem Dorf und wurden nie wieder gesehen. Aber ihr Grab ist noch heute dort, irgendwo in der Nähe von Neapel, und …" Sie lächelte. „Rate mal."

„Es ist leer."

Der Kellner räumte die Vorspeisen ab und servierte den zweiten Gang. Ich nahm die Gabel hoch, legte sie aber sofort wieder hin. Ich hatte überhaupt keinen Appetit.

„Das Belak-Grab ist tatsächlich leer, ja." Rosanna hatte aber immer noch einen gesunden Appetit und aß mit Freude, völlig ahnungslos, welches Schicksal sie draußen vor dem Restaurant erwartete. „Aber das ist nicht der interessanteste Teil meiner Geschichte, zumindest nicht für dich."

Sie machte eine dramatische Pause und schaute mir in die Augen, und zum ersten Mal bemerkte ich ihre unheimliche Ähnlichkeit mit Ludovic. Sie hatte dasselbe Haar, dieselben Augenbrauen. Sogar dieselbe Nase. Seltsam, wie menschliche Eigenschaften auf unerwartete Weise vererbt werden. „Bevor der Krieg begann, war ich genauso eine Witwe wie du. Ich hatte nichts mehr. Zu diesem Zeitpunkt bekam ich dann einen Brief von einem unbekannten Mann namens Ludovic Belak, der im Ausland lebte."

„Er bot Ihnen seine Hilfe an."

„Er schickte Geld, ja. Aber dann kam er auch, um zu sehen, wo ich lebte, schickte Arbeiter, um mein verfallenes Haus wieder aufzubauen, und Berater, um mir beizubringen, das Geschäft meines verstorbenen Mannes allein zu führen. Er verlangte nie etwas zurück. Du kannst dir vorstellen, dass ich zuerst etwas Unheilvolles erwartete. Aber ich nahm das Geld trotzdem, weil ich keinen Sinn darin sah, vor Hunger zu sterben."

„Ich glaube, ich kenne den Rest der Geschichte", sagte ich und schob den Teller weg. Mir wurde vom Geruch des Essens schwindelig.

„Stimmt. Als meine Mutter vor fünf Jahren starb, las ich all ihre Notizen und verband die Punkte miteinander. Ich fragte Ludovic danach aber er stritt es ab. In meinem Herzen wusste ich aber stets immer die Wahrheit."

„Verstehe."

„Und dann gibt es noch den Teil, den ich dir in New York nicht erzählt habe", sagte sie schelmisch. „Den Teil, der deinen Mann betrifft. Aber ich bin nicht sicher, ob du glücklich sein wirst, das zu hören."

„Was es auch ist, ich bin mir sicher, dass ich es wissen möchte", sagte ich, und meine Worte klangen viel echter, als sie tatsächlich waren.

„Wie du wünschst", sagte sie, „aber sag nicht, ich hätte dich nicht gewarnt."

Sie leckte sich genüsslich den Löffel ab, senkte dann ihre Stimme zu einem verschwörerischen Ton. „Gabriel Reighton lebt noch."

Kapitel 11

Julia

Gabriel lebte.

Mein Mann lebte.

Ich sollte eigentlich jubeln, vor Freude tanzen, weil ich keine Kriegswitwe mehr war.

Und plötzlich konnte ich nur noch an Ludovic Belak denken.

Ludovic Belak … und den Job, den ich gleich verlieren würde.

Keine weiteren Geschäftsabschlüsse für Elizabeth.

Kein weiteres Schielen nach den großen Fischen der Unternehmenswelt.

Und keine Zauber mehr oder raffinierte Kuchen um Mitternacht.

Ich würde einfach wieder zu Gabriels Frau in Saint Emery werden und seine Kinder gebären, in einem schimmligen Mietshaus mit einem roten Ziegeldach leben und zu meinen alten Arbeitstagen am Fließband zurückkehren. Abends würde ich ein paar Stunden nähen und mit den Nachbarn plaudern und von einer Vergangenheit träumen, in der ich Dinge zum Leuchten brachte, genauso wie Madame Marie Curie.

Ich würde so tun, als wäre ich immer noch ganz normal.

Vorgeben, ich wäre immer noch einfach nur Julia.

Die plötzliche Erkenntnis, dass dies nicht mehr das Leben war, das ich wollte, war so schmerzhaft, dass sie mir die Luft aus der Brust presste und mich am Sprechen hinderte.

„Das ist …" Ich versuchte zu sprechen, aber es kamen nur Tränen. „Das ist wunderbar", sagte ich mit einem Schniefen.

„Bevor du dich aber zu sehr in Hochstimmung versetzt", fuhr Rosanna fort möchtest du vielleicht auch den Rest hören."

Inzwischen zitterte ich bereits auf meinem Stuhl. Als Rosanna mir darauf ihr Glas Wodka anbot, trank ich es in einem Zug aus, fühlte aber immernoch keine Erleichterung.

„Gabriel hat seinen Namen in Gabriele Puglisi geändert", erzählte Rosanna weiter, „er täuschte seinen Tod vor und floh mit seiner italienischen Geliebten nach Sizilien." Sie beobachtete meine Reaktion genau, aber zu diesem Zeitpunkt war es mir bereits ziemlich egal, ob er mit einer Geliebten oder einer Ziege davongelaufen war, solange er nicht mehr zurückkkam. „Er lebt jetzt auf der Insel mit ihr, und ich glaube, sie haben sogar ein Kind. Übrigens ist sie die Hexe des Dorfes. Eine echte Strega! Kannst du dir das vorstellen?"

Mein Körper hörte abrupt auf zu zittern.

Ich winkte dem Kellner, mir Wasser zu bringen, und wartete mit geschlossenen Augen auf ihn.

„Es tut mir so leid", sagte Rosanna, „ich weiß, das muss viel sein zum Verkraften. Deshalb habe ich mich anfangs entschieden, es dir nicht zu sagen. Vielleicht wäre es einfacher gewesen zu akzeptieren, dass er einfach tot ist."

Als ich aufstand und Rosanna Bianchi umarmte, war sie so perplex, dass sie erstarrte, als hätte sie sich in eine Steinstatue verwandelt.

„Sie können sich nicht vorstellen, wie glücklich mich Ihre Worte gemacht haben", sagte ich und küsste Rosanna Bianchi, vielleicht zum letzten Mal überhaupt.

Kapitel 12

Julia

Emberbury, Dezember 1946

„Ludovic wird Sie töten", sagte ich zu Rosanna. Wir waren die letzten Gäste im Restaurant und der Kellner lugte vorsichtig aus dem Küchenfenster heraus. Wenn wir nicht bald gingen, würde er uns höchstpersönlich vor die Tür setzen. „Aber ich weiß auch, dass er das gar nicht will."

Nun war Rosanna Bianchi schockiert. Ihre selbstbewusste Fassade bröckelte für einen Moment und ich konnte einen Blick auf die sensible Frau dahinter erhaschen.

„Das würde er nicht tun."

„Er hat keine Wahl."

Die Worte auszusprechen, tat weh.

„Egal welches Schicksal mich erwartet, ich bin bereit, es anzunehmen", sagte sie und stand von ihrem Stuhl auf. Der Kellner beeilte sich, uns mit unseren Mänteln zu helfen, ein erleichtertes Lächeln milderte seine Miene.

„Wohin?", fragte Rosanna, als gingen wir nur auf einen angenehmen Spaziergang.

„In den Park. Dort hinter dem Brunnen ist eine dunkle, versteckte Stelle. Wir sollten uns dort mit ihm treffen."

„Du wirst mich für verrückt halten, aber ich kann es kaum erwarten, ihn wiederzusehen. Den Bruder meiner Urgroßmutter. Ich wünschte, ich könnte sie ebenfalls sehen."

Als wir die Tore erreichten, zeigte ich Rosanna den zerbrochenen Zaunabschnitt und wir krochen beide darunter hindurch.

„Ich gehe zuerst", sagte ich, „ich werde mit ihm reden."

Rosanna nickte, wischte den Schnee von einer Bank und setzte sich, um zu warten.

Ludovic stand hinter dem Brunnen und hielt eine Hand in der anderen, die Augen geschlossen.

„Wir sind hier", flüsterte ich und er öffnete die Augen mit einem schweren Ausatmen.

„Ich kann das Francesca nicht antun", sagte er und ich bemerkte, dass seine Augen tränenfeucht waren.

„Dann lassen Sie Rosanna gehen. Ich werde Elizabeth sagen, dass Sie sie getötet haben. Sie wird es niemals herausfinden."

Sein Lachen war bitter. „Natürlich wird sie es herausfinden. Sie wird mich töten und dann Sie. Im Kloster gibt es nur wenige Regeln, aber wir sollen sie alle befolgen oder besser gehen. Lügner und Verräter sind hier nicht willkommen. Und wissen Sie was? Ich hege ihr gegenüber nicht einmal Groll. Sie haben keine Ahnung, wie die Dinge früher waren und welche Opfer Elizabeth bringen musste, um uns alle zu schützen. Ed Sheen war im Vergleich zu den Jägern der Vergangenheit nur ein Amateur."

Ich nickte und hoffte, eines Tages auch diese Geschichten hören zu dürfen.

„Vielleicht könnte Rosanna mit Francesca

weglaufen", sagte ich mit dünner Stimme.

„Nein. Alles, was passiert ist, war meine Schuld. Ich kann nicht zulassen, dass Francesca für meine Fehler bezahlt. Ich wurde zu dem, was ich bin, um meine Schwester zu schützen", sagte er leise. „Wussten Sie, dass eine Hexe versucht hat, sie zu töten, weil sie ein Vampir war? Eine Hexe, der ich vertraute. Sie können sich vorstellen, warum es für mich so schwer war, eine andere Hexe in unser Leben aufzunehmen."

„Clarence hat es mir erzählt", sagte ich.

„Hat er das? Hat er Ihnen auch erzählt, dass ich Francesca an jenem Tag gebeten habe, mich zu verwandeln? Sie wollte nicht, aber ich zwang sie dazu." Er seufzte. „Und obwohl ich versprochen habe, sie zu beschützen, habe ich ihr und ihrer Nachkommenschaft das schlimmstmögliche Schicksal gebracht. Sie wird mir nie verzeihen und ich mir ebenfalls nicht. Mein ganzes Leben und die Versprechen, die ich gegeben habe … alles wird zu nichte werden. Aber was soll ich tun? Wir haben auch Elizabeth ein Versprechen gegeben, und jeder im Kloster verdankt ihr auf die eine oder andere Weise sein Leben. Also was kann ich tun, Julia? Was soll ich tun?", seine Stimme ging in ein leises Schluchzen über und meine Hände fanden die seinen. Der beruhigende Duft von Mandarine und Bergamotte umhüllte mich und ich wusste sofort, was wir tun mussten. Es tat nur zu sehr weh, es auszusprechen.

Aber ich musste.

„Sie werden fliehen. Gehen Sie mit Rosanna fort. Verschwinden Sie. Kehren Sie nach Italien zurück. Ändern Sie Ihren Namen. Elizabeth wird Ihnen nicht nachjagen. Wenn sie Sie verbannen will, können Sie es einfach selbst tun. Das sollte genauso gut funktionieren."

„Ich habe diese Möglichkeit bereits in Erwägung gezogen", sagte er und schluckte schwer. „Und vor einem Jahr hätte ich diese Option ohne Weiteres gewählt. Heute jedoch …"

Ludovic hielt plötzlich inne und streckte die Arme aus, um mich näher an seine Brust zu ziehen.

„Wenn Sie Rosanna töten, werden Sie diese Last ewig mit sich tragen. Und ich ebenfalls."

Er umarmte mich so fest, dass ich kaum atmen konnte, und ich erwiderte die Umarmung mit geschlossenen Augen. Ich legte meine Hände um seinen Hals und zwang ihn dazu, sein Gesicht auf meine Höhe zu senken. Als er nur ein paar Zentimeter von mir entfernt war, küsste ich ihn leidenschaftlich und legte in diesen Kuss all die Tränen, die Leidenschaft und die Liebe, die ich in meinem Leben vermisst und verloren hatte. Und er erwiderte den Kuss mit solch einer Wildheit, solch einem Hunger, dass ich für einen Moment darüber nachdachte, ob er mich nicht direkt in den Hals beißen und mir das Leben aus den Adern saugen würde.

Nicht, dass es mich gestört hätte.

Das Geräusch von Rosannas Räuspern auf der anderen Seite des Brunnens brach den Zauber des Augenblicks. Ich ließ Ludovic los und wischte mir die Augen an meinem Ärmel ab.

„Es tut mir leid", sagte Rosanna und kam vorsichtig näher. „Ich wollte nicht stören. Es ist nur … wenn das hier enden muss … weißt du, meine Nerven sind stark, aber ich bin nicht aus Stahl."

Ludovic verneigte sich in ihre Richtung.

„Mrs. Bianchi", sagte er wissend.

Rosanna nickte, ihre Unterlippe zuckte beinahe unmerklich. „Onkel", flüsterte sie. „Was auch immer du tun musst, tu es schnell. Ich habe nicht die ganze Nacht Zeit."

Kapitel 13

Julia

Ludovic und Rosanna gingen davon.

Nur die Fußabdrücke im Schnee blieben zurück, als schwaches Zeugnis dafür, dass der ganze Abend nicht das Produkt meiner fiebrigen Vorstellungskraft gewesen war.

Der rote Rubinring an meinem Daumen war kalt auf meiner Haut und erinnerte mich an Ludovics starke, kühle Hände. Wenn ich ihn berührte, konnte ich fast schon unseren letzten Kuss wiedererleben und den Moment, als er ihn mir an den Finger gesteckt hatte. Ein Familienerbstück der Belaks, er hatte mir den glänzenden roten Stein zusammen mit dem Versprechen überreicht, eines Tages zurückzukommen und ihn wieder abzuholen.

„Nur ein Darlehen", hatte er gesagt und versucht, die Situation zu verharmlosen.

Rosanna Bianchis Leben würde verschont bleiben, aber meines war zum zweiten Mal durchtrennt worden, nach Gabriels vorgetäuschtem Tod.

Es war fast humorvoll, dass Mrs. Bianchi, sobald sie erfasst hatte, was sich vor ihren Augen abspielte, diejenige war, die versucht hatte, Ludovic davon zu überzeugen, den Job zu beenden, den Elizabeth ihm anvertraut hatte.

„Tu einfach, was immer du tun musst, und erlöse

uns alle von diesem Elend", hatte Rosanna mutig gesagt und dabei die Arme über ihrer üppigen Brust verschränkt.

Ich stand da, zerrissen zwischen meiner tiefen Zuneigung für Ludovic und dem Mitgefühl, das ich für diese unschuldige Frau empfand.

„Ich werde mit Rosanna zurückgehen und sicherstellen, dass ihre Identität vollständig gelöscht wird", hatte Ludovic mit heiserer Stimme gesagt. „Dann werde ich ein paar Jahrzehnte in Italien bleiben, warten, bis sich die Lage beruhigt. Wir werden versuchen, uns bedeckt zu halten, diskret zu sein. Es wird nicht einfach sein, aber wir werden überleben. Sobald wir die ersten Jahre überstanden haben, wird es einfacher werden. Elizabeth wird nach und nach aufhören, nach uns zu suchen."

Ein paar Jahrzehnte hatte er gesagt. Das sollte wohl genug sein, um Elizabeths Herz zu erweichen.

Und meins zu brechen.

„Stelle sicher, dass du dich privat mit Francesca unterhältst und ihr alles erklärst. Sie hat genug gelitten."

Überwältigt hatte ich nur genickt. Ich wusste, dass wir das Richtige taten. Aber warum musste es so schwer sein?

„Es ist zu gefährlich, jetzt mit uns zu kommen, und du hast hier ohnehin noch viel zu tun", sagte er.

Das war durchaus wahr. Die Hälfte meines sterblichen Lebens im Versteck zu verbringen, würde mich der Zeit und den Mitteln berauben, Magie zu studieren. Und tief in meinem Herzen wusste ich, dass ich das am meisten wollte.

„Ich treffe Sie auf der anderen Seite, meine Liebe", hatte Ludovic mir ins Ohr geflüstert, bevor er ging.

„Es gibt keinen solchen Ort. Ich glaube an nichts mehr.”

„O doch, den gibt es. Ich weiß es … denn ich war dort. Ich werde zurückkommen, wenn Sie mich in der Zwischenzeit nicht vergessen.”

Ich versuchte, nicht zu weinen, aber er machte es mir wirklich schwer.

„Vielleicht bedeutet ein Jahrzehnt für Sie nichts”, sagte ich und erlaubte den Tränen nachzugeben. „Aber was ist mit mir?”

„Sie haben hier eine Aufgabe, Julia”, sagte er und küsste meine Stirn. „Es wartet so viel auf Sie. Ich habe diesen Glanz in Ihren Augen gesehen, als Sie Ihren ersten Zauber gewirkt haben. Da war ein Leuchten echter Freude und Stolz, und das kann ich Ihnen nicht nehmen, im Austausch für das Leben eines Geächteten. Sie sind nicht dazu geboren, nur die Frau von jemandem oder nur sein Schatten zu sein. Sie sind eine Nachfahrin der alten Hexen und in Ihnen schlummert so viel Magie, die darauf wartet, entfacht zu werden, dass ich Sie nicht an mein Schicksal binden und darauf verzichten kann.”

Ich wollte ihm sagen, dass er töricht war und nein, es gab nichts, was ich mehr wollte, als ihm zu folgen, wohin auch immer er ging, aber ich wusste. auch, dass das nicht die Wahrheit war.

Die enigmatische Zukunft, die das Kloster mir gerade eröffnet hatte, war zu verlockend, zu verführerisch, und es tat weh, nur daran zu denken, alles schon so bald aufzugeben. Definitiv hätte ich das nicht für Gabriel getan, den Ehemann, der mich verlassen und sein Land im Stich gelassen hatte und sich nie die Mühe machte, zurückzuschreiben.

Aber für Ludovic hätte ich es getan.

Dennoch hatte er recht.

Ich war noch nicht bereit.

„Aber all die verlorenen Jahre, Ludovic. Ich kann den Gedanken nicht ertragen.”

„Wir werden die verlorene Zeit aufholen. Ich werde zurückkommen, in ein paar Jahren, wenn sich die Dinge beruhigt haben. In der Zwischenzeit werden Sie genug Zeit haben, Ihre Zauberbücher zu studieren. Vertrauen Sie mir. Alles wird gut.”

Ludovic küsste mich noch einmal, seine Augen funkelten vor türkisfarbenem Licht. Rosanna wartete auf ihn am Tor, ihren Rücken uns zugewandt in einem vergeblichen Versuch, uns die Illusion von Privatsphäre zu geben.

„Ich habe gerade alle Regeln für meine Schwester gebrochen”, sagte er und hielt meinen Blick, „ich hätte nichts dagegen, es auch für die Frau zu tun, die ich liebe.”

Versuchte er zu implizieren …?

„Bieten Sie mir an, was ich denke?”

„Wenn Sie bereit sind, wenn Sie es jemals sein werden”, sagte er und umarmte mich noch ein letztes Mal, „rufen Sie mich einfach und ich werde Sie finden. Wo auch immer Sie sind.”

Epilog

Mein Name ist Julia und ich bin weder eine Kriegswitwe noch eine Hexe noch eine Vampirbraut.

Doch eines Tages werde ich all das sein, und ich werde es nicht bereuen.

Bis dahin schwöre ich, mein Leben in vollen Zügen zu leben, Dinge verschwinden, leuchten und explodieren zu lassen und mein Schicksal anzunehmen und alles, was es mit sich bringt. Denn die Gegenwart ist ein Geschenk und die Zukunft ist niemandem von uns gewährt, weder dem Sterblichen noch dem Unsterblichen.

Möge die Magie für immer bei Ihnen bleiben.

Diese Reihe geht weiter im Buch „Die Verlorene Hexe". Blättern Sie um, um die ersten Kapitel kostenlos zu lesen.

Wichtiger Hinweis: Möchten Sie Fotos von Julia und Ludovic sehen? Sind Sie neugierig, wie sie aussehen? Klicken Sie **HIER**, um die Bilder anzusehen.

Lesen Sie die Serie weiter:
Nächstes Buch: „Die verlorene Hexe"

„Julia ist aus dem Kloster verschwunden... und währenddessen ist

Alba auf der Flucht vor ihrem alten Leben und steht kurz davor, alles zu verlieren. Das Gute? Sie ist eine Hexe. Das Schlechte? Sie weiß es nicht. Aber die Vampire von Emberbury sind dabei, ihre Welt auf den Kopf zu stellen... und Alba wird herausfinden, dass das schrecklichste Monster nicht immer das mit den Fangzähnen ist.”

https://books2read.com/verlorenehexe

Nachfolgend finden Sie einen Vorgeschmack auf die folgenden Titel:

- „Die Verlorene Hexe” (Fortsetzung der Geschichte von Julia und Ludovic);
- „Iris, der Blutzauber” (die neue Serie, die auf Ibiza spielt).

Ein kleines Geschenk für Sie

Möchten Sie wissen, wie Julia und Ludovic aussehen? Melden Sie sich für den Newsletter von Eva Alton an und erhalten Sie Illustrationen der Hauptfiguren der Serie.

Link: ***sendfox.com/lp/m4yndv***

Als Autorin danke ich Ihnen von Herzen dafür, dass Sie meine Schriftstellerkarriere ermöglichen. Vielen Dank, dass Sie dieses Buch lesen.

Sie können auch weiterlesen, und zwar einen Auszug aus „Die verlorene Hexe", Buch 2 der Reihe *„Die Vampire von Emberbury"*, das ebenfalls im Kloster spielt.

Auszug: *Die Verlorene Hexe*

Kapitel 1

Alba

„Ich will die Scheidung", sagte Mark und strich sich seine Seidenkrawatte glatt, die aus seinem maßgeschneiderten Blazer hervorlugte. Die Papiere habe ich bereits heute Morgen eingereicht.

Trotz des warmen Sommermorgens spürte ich, wie sich etwas in der Mitte meiner Brust zu Eis verwandelte. Mark hatte schon oft von Trennung gesprochen, aber ich hatte nicht erwartet, dass er es wirklich tun würde, ohne es mir vorher mitzuteilen.

Im Allgemeinen nutzte Mark die Androhung der Scheidung nämlich oft nur als letztes Druckmittel, um seinen Willen durchzusetzen. Aber er war schließlich Anwalt und Scheidungen waren ein natürlicher und fester Bestandteil seiner Existenz: Halt ein ganz gewöhnliches Gesprächsthema derjenigen, die mit ihren Coffee To Go und Uhren, die mehr kosteten als die Autos der meisten, durch die Flure der Gerichtshöfe schlenderten.

Dennoch überraschte es mich sehr, da in letzter Zeit die enorme Spannung zwischen uns um einiges nachgelassen hatte. Aber auch nur deshalb, weil ich mein Bestes getan hatte, um ihm zu gefallen, indem ich meine eigenen Wünsche aufgegeben und naiv geglaubt hatte, dass wir endlich einen Waffenstillstand erreichen und *wieder* glücklich miteinander sein könnten.

Aber davon auszugehen war etwas übertrieben. Ich konnte mich nämlich nicht an einen einzigen Tag des Glücks in unserer bereits zum Scheitern verurteilten Beziehung erinnern. Und in gewisser Weise fühlte ich mich sogar schuldig: Ich wäre einfach nie das attraktive, geduldige Geschöpf gewesen, das er sich so sehr gewünscht hatte. Ich hätte ihn nämlich angeblich mit meiner flatterhaften Jugend und meiner Unbekümmertheit getäuscht, nur um nichts von beidem zu sein, musste ich mir jeden Tag von ihm anhören.

Mark verließ den Raum und schloss die Tür hinter sich. Ernsthafte *Angelegenheiten müssen mit Respekt behandelt werden*, pflegte er zu sagen.

Ein frischer Luftzug strömte durch den Raum, als er ihn verließ. Es roch nach frisch gehacktem Holz und verrostetem Eisen. Und während Mark sprach, hatte sich im Garten ein Rabe auf einem Ast des Magnolienbaums niedergelassen. Ich schloss das Fenster, weil mir kalt war, aber auch, weil ich mich von dem schweigsamen schwarzen Vogel ausspioniert fühlte, so unwahrscheinlich es auch klingen mag. Ich hatte ihn schon einmal gesehen und er hatte sehr seltsame Augen. Einfach zu tief und zu hell für einen doch so gewöhnlichen Vogel, sodass sie mich an die Geschichten meiner Großmutter über Geister und Dämonen erinnerten, die in den Körpern anderer Menschen wohnten.

Plötzlich erschrak ich, als ich über eine nackte, beinlose Barbie stolperte und bückte mich um sie aufzuheben, denn Mark hasste es, Spielzeug auf dem Boden liegen zu sehen. In solchen Momenten wurde er immer nervös und erhob seine Stimme … und tat noch viel mehr. Um also unsere zerbrechliche häusliche

Harmonie stets aufrechtzuerhalten, war es besser, alle potenziellen Probleme zuerst zu erkennen, bevor er es tat.

Ich seufzte. *Das war also das Ende.* Mark hatte nun wirklich die gefürchtete Scheidung eingereicht, ohne sich darum zu scheren, dass ich in der Zwischenzeit dabei war, eines seiner schicken französischen Couture-Hemden zu bügeln – nämlich genau das, welches er an diesem Abend eigentlich tragen wollte, um seinen Chef zu beeindrucken. So hielt meine Hand ein paar Sekunden zu lange das Bügeleisen auf einer Stelle und ein befriedigender Geruch von verbranntem Stoff erfüllte den Raum, während sich ein dreieckiger brauner Fleck auf der Rückseite des Hemdes bildete. Es waren schöne, symmetrische Punktreihen auf jeder Seite, fast schon dekorativ. Wenn ich doch nur wie ein Drache Feuer speien und seine gesamte Garderobe in einem Zug verbrennen könnte, damit er in einer fettigen Pommestüte vor seinen Kollegen erscheinen müsste. Selbst meine Fingerspitzen fingen bei dem Gedanken an zu kribbeln. Das taten sie aber übrigens auch immer dann, wenn ich meine Wut zu lange zurückhielt. Mit Anfang zwanzig war ich einfach noch zu jung, um graue Haare zu bekommen, aber ein paar hatte ich bereits; ein stummes Zeugnis für die unzähligen Auseinandersetzungen, bei denen ich in Gesellschaft meiner besseren Hälfte um meinen Verstand gerungen hatte.

Aber jetzt konnte ich mir seine Wut nur allzu gut vorstellen, sobald er von dem Schicksal seines Hemdes erfuhr und mein Puls beschleunigte sich.

Atme, Alba, atme!

Er ist nur ein Mensch. Ein gewöhnlicher Mensch, genau wie du. Das Gesetz erlaubt es ihm nicht, dich zu verletzen. Und du weißt, dass das Gesetz *seine einzige wahre Liebe ist.*

So zählte ich bei jedem Ausatmen bis acht.

Aber es gab auch bestimmte Formen der Folter, die keine Spuren hinterließen, ein Gebiet auf dem mein lieber Mann ein Experte war.

„Ich werde da schon wieder rauskommen", ermutigte ich mich.

Also setzte ich mich im Bett auf und nahm den Hörer ab, nur um ihn dann aber sofort wieder zwischen die Kissen zu werfen, als mir einfiel, dass ich niemanden anrufen konnte. Ich war gerade im Begriff, mich von einem Anwalt scheiden zu lassen, der mein Leben ruinieren könnte. Selbst meine schlimmsten Albträume erschienen mir wie Märchen im Vergleich zu dem enormen Schaden, den er mir zufügen könnte.

Und es war nicht so, dass meine Albträume mich nicht immer wieder vor Mark gewarnt hätten. Aber schließlich war ich bereits sehr geübt darin, meine Träume zu ignorieren, auch wenn es mir auf Dauer nicht viel brachte.

Als ich dann eine der Schubladen öffnete und nach einem Taschentuch suchte, um mir die Nase zu putzen – nicht, weil ich Tränen vergoss, sondern eher, weil die Magnolien in voller Blüte standen und überall in Emberbury Pollen verteilten – kam meine fünfjährige Tochter Katie ins Zimmer. Sie hatte die Reste eines zerrissenen Buches bei sich und wurde von einer schwarzen Katze begleitet, die sie und ihre Schwester vor ein paar Wochen im Garten gefunden hatten.

Das Tier hatte lila Augen mit goldenen Flecken, ein doch eher sehr ungewöhnliches Merkmal. Ich nahm an, dass es sich um eine sehr seltene und teure Katzenrasse handeln müsste – so wie dieses nackte Tier, das meine Nachbarin May ihrem Sohn einmal zum Preis eines Wellness-Wochenendes auf Bali gekauft hatte.

„Mami, Iris hat den Einband meines Lieblingsbuchs zerrissen. Kannst du ihn wieder zusammen kleben?"

„Lass mich mal sehen, lass mich mal sehen", sagte ich und streichelte ihren Kopf, während ich mir diskret die Nase abwischte und dann mit demselben Taschentuch auch die ihre.

Das Buch war ein mit Glitzer überzogenes, gebundenes Monstrum mit rosa Illustrationen von Hexen und Feen. Ich fand etwas Klebstoff in einer Schublade, setzte die Teile wieder zusammen und drückte sie fest.

„Jetzt warten wir, bis alles getrocknet ist, okay?"

Ich sah die schwarze Katze an, die sich schnurrend auf Marks Hemden gelegt hatte und diese mit ihren Krallen knetete. Mit etwas Glück würde sie sogar Kratzspuren auf der teuren ägyptischen Baumwolle hinterlassen.

„Habt ihr der Katze eigentlich schon einen Namen gegeben?", fragte ich und fand die Idee eigentlich gar nicht so falsch, dieses Tierchen zu adoptieren, und sei es nur, um Mark zu ärgern.

„Ja, Mami! Sie heißt jetzt Miss Jilly. Wie die Hexe in meinem Buch."

„Ein toller Name!"

„Danke, Mami!", sagte Katie und küsste mich auf die Wange. „Weißt du, ich finde, du siehst aus wie Miss Jilly. Die Hexe, nicht die Katze." Sie zeigte auf das Tier, das nun versuchte, mit den Zähnen einen Knopf vom Hemd abzureißen. Ich wollte sie aufhalten, aber sie genoss es viel zu sehr.

„Ach, ja?" Ich musste grinsen. Es fehlten nur noch Warzen auf meiner Nase und ein fliegender Besen

… aber warum auch nicht? *Wenigstens erinnerte ich sie nicht an einen Hippogreif.*

„Ja, weil du immer alles in Ordnung bringst, genau wie sie. Ich habe dich lieb, Mama."

Dann umarmte sie mich und verließ fröhlich mit ihrem Buch im Schlepptau das Zimmer.

Ich bemühte mich sehr, vor meiner Tochter und ihrer doch so raffinierten Katze nicht zu weinen, zumindest nicht, bis sie außer Sichtweite waren.

„*Aber auch nur fast* alles", fügte ich flüsternd hinzu und träumte davon, wirklich Miss Jilly zu sein und mein Leben ganz einfach mit der Hilfe eines Zauberstabs in Ordnung bringen zu können. „Nur leider gibt es in der realen Welt keine Zauberstäbe", murmelte ich.

Plötzlich musste ich aufspringen, als mir der Rabe mit einem Krächzen antwortete. Ich hätte schwören können, dass er versuchte, mir zu sagen, dass er mit meiner Meinung nicht einverstanden war.

Kapitel 2

Alba

„So, Mrs. Andersson, erzählen Sie mir doch mal etwas von Ihrer Berufserfahrung!"

Die Dame trug einen teuren Anzug und klickte nervös mit ihrem Kulli, auf dem *MSTDA Engineering* eingraviert war. Ich musste bereits die fünfte Bewerberin gewesen sein, die sie an diesem Tag interviewt hatte und konnte spüren, dass sie sowas von genug davon hatte, allen dieselben Fragen zu stellen.

Ich schluckte und suchte nach einer eleganten Antwort. Zwar hatte ich ja einen Ingenieurabschluss, aber mein Lebenslauf war leerer als das Herz meines Mannes. Zu der Zeit, als ich noch glaubte, dass er sich für mich interessierte, hatte Mark vorgeschlagen, dass ich mir doch einen *weiblicheren* Beruf suchen sollte – seine Worte, nicht meine – weg vom Schlamm, vom Beton … und von diesen Cargoshirt-Bauarbeitern. Vielleicht könnte ich ja einfach von zu Hause aus arbeiten, damit ich mich besser um die Mädchen kümmern konnte. So hatte ich im Laufe der Jahre schon so einige erfolglose Versuche unternommen, alle möglichen nutzlosen Dinge an meine wenigen und zudem doch weit entfernten Verwandten zu verkaufen. Mittlerweile waren meine Eltern zwar schon verstorben, aber ich hatte immer noch eine Garage voll mit ätherischen Ölen, Sportkleidung und Kosmetika, die wahrscheinlich schon abgestanden waren.

„Ich bin Bauingenieurin", murmelte ich, den Blick auf den Tisch gerichtet. Nur das mein Bleistiftrock, ein Überbleibsel aus meiner vorigen Zeit als Büroangestellte, nun zu eng war, nachdem ich zwei Kinder bekommen hatte. Ich bemühte mich dennoch, so flach wie möglich zu atmen, damit mein Reißverschluss nicht platzte und meiner Gesprächspartnerin ein Auge ausstechen konnte.

„Verzeihen Sie, wenn ich etwas indiskret bin, aber … haben Sie Kinder?", fragte sie, ohne auch nur ein bisschen entschuldigend zu wirken.

„Alles ok", seufzte ich, „ja, ich habe zwei. Eine Drei und eine Fünfjährige."

Sie nickte und zog die Lippen zu einem schmalen Strich zusammen, während sie etwas in ihre Akte schrieb.

Da haben wir es wieder. Ständig werden Kinder krank und Mütter fehlen bei der Arbeit. Vor allem Mütter, die kurz vor der Scheidung stehen, sind bei Arbeitgebern sehr gefürchtet.

„Und wieso, Mrs. Andersson, möchten Sie genau diese Arbeitsstelle?"

Eigentlich eine ganz einfache Frage, auf die ich aber ehrlich gesagt keine Lust hatte zu antworten.

Weil mein zukünftiger Ex-Mann ein Elite-Anwalt ist, der damit droht, sein ganzes Wissen und seine Verbindungen einzusetzen, um mir alles zu nehmen, was ich liebe und besitze.

Die Wahrheit klang nur etwas zu heftig, also formulierte ich sie etwas milder:

„Ich habe schon so lange nicht mehr gearbeitet und vermisse das Gefühl, der Gesellschaft nützlich zu sein. Ich habe früher bei Reismann und Reismann gearbeitet und meine Arbeit hat mir wirklich Spaß gemacht."

Die Frau hob eine Augenbraue.

„Sie meinen die Firma Reismann und Reismann, die vor fünf Jahren geschlossen wurde?"

„Genau diese", antwortete ich ganz gleichgültig.

„Und dann?"

Was sollte ich ihr sagen? Dass ich ätherische Öle auf einer Website verkaufte, von der nicht einmal Gott etwas wusste? Dass ich alle meine Nachbarn in Unruhe versetzte, weil ich wollte, dass sie Feuchtigkeitscremes von mir kauften?

„Danach war ich nur noch Hausfrau", sagte ich achselzuckend. Ich war mir der abweisenden Wirkung bewusst, die diese Antwort oft auf Gesprächspartner hatte. Es war schließlich nicht mein erstes Vorstellungsgespräch nach der Scheidungsankündigung von Mark, aber auch nicht mein schlechtestes.

Ich schaute mich in dem sterilen Büro mit den großen, raumhohen Fenstern um, die einem den Blick auf das bescheidene Geschäftsviertel von Emberbury boten. Mein Magen knurrte und erinnerte mich daran, dass ich schon seit dem gestrigen Abendessen nichts mehr zu mir genommen hatte, abgesehen von ein paar Löffeln aufgeweichter Cornflakes, die meine Mädels vom Frühstück übriggelassen hatten. Nach meinen Anweisungen an den Babysitter hatte ich eine Stunde damit verbracht, Kleider anzuprobieren, die entweder zu klein waren, aus der Mode gekommen oder an denen Knöpfe fehlten. Dann eilte ich zum Taxi und… all das, um fünfundvierzig Minuten warten zu müssen und gefragt zu werden, wie viele Kinder ich habe und warum die einzige Firma, für die ich je gearbeitet hatte, seit über fünf Jahren geschlossen war.

Ihr Handy klingelte und sie entschuldigte sich, drangehen zu müssen. In der Zwischenzeit stand ich auf und bewunderte die Aussicht auf die Stadt: Wir befanden uns im achtzehnten Stockwerk und für jemanden wie mich, die eigentlich ihre Tage in einer Villa in der Vorstadt verbrachte, war der Blick aus diesen Fenstern fast wie eine Reise mit dem Flugzeug. In den hohen, gläsernen Wolkenkratzern spiegelte sich die blendende Morgensonne und viele Meter unter uns eilten Menschen umher, um sich um ihre Angelegenheiten zu kümmern.

Alle … bis auf zwei.

Direkt vor dem Eingang des *MSTDA Engineering* standen nämlich zwei schwarz gekleidete Männer, die beide in meine Richtung schauten. Ich wich zurück und spürte ein seltsames Summen in meinem Hinterkopf. Es kam mir vor, als hätte ich sie schon einmal irgendwo gesehen, aber wo? Ich schüttelte den Kopf. Es war einfach unmöglich, dass sie mich durch das spiegelnde Glas beobachten konnten, schon gar nicht aus so großer Entfernung. Die Situation mit Mark belastete mich wohl zu sehr, dass ich schon anfing, mir Sachen einzubilden, obwohl es überhaupt nichts gab.

Als die Dame dann zurückkam, stellte sie mir noch ein paar Fragen und stand dann, nachdem sie auf ihre Uhr geschaut hatte, eilig auf.

„Unsere Zeit ist um aber danke, dass Sie gekommen sind, Mrs. Andersson", sagte sie und öffnete mir die Tür. „Wir werden Sie in Kürze über unsere Entscheidung informieren."

Ja, dachte ich. *Wahrscheinlich bereits so schnell, wie man braucht, um das Wort „abgelehnt" zu schreiben.*

***

Als ich dann raus auf die Straße ging, versuchte

ich mich abzulenken, indem ich mich auf die Ampeln und die anderen Fußgänger konzentrierte, auch wenn ich eher wie ein betrunkener Strauß vor mich her torkelte. Aber ich konnte nur an eine Sache denken: Wie sollte ich nur meine Kinder behalten können, wenn Mark entschlossen war, seine ganzen Kräfte einzusetzen, um sie mir wegzunehmen?

Nachdem er nämlich das Missgeschick mit seinem Lieblingshemd entdeckt hatte, war er ungewöhnlich ruhig geblieben. Eigentlich hatte ich einen Sturm erwartet, aber er hatte meine Dreistigkeit mit einem einfachen Lächeln hingenommen.

„Du solltest außerdem wissen, dass ich das Sorgerecht für die Mädchen beantragen werde", sagte er und schloss seine Manschettenknöpfe. „All die medizinischen Aufzeichnungen über deine postpartalen Depressionen … und die Art, wie du sie manchmal anschreist … ich glaube, sie wären besser dran, wenn sie drei von vier Wochen bei mir bleiben würden … oder noch besser, dauerhaft, meinst du nicht? Dann hättest du mehr Zeit, dein chaotisches Leben zu ordnen … *und deine Haare natürlich auch.*"

Er hatte doch immer eine nette Bemerkung für mich parat.

Mark hatte bisher nie großes Interesse an der Kindererziehung gezeigt, also konnte es für seinen Vorschlag nur eine Erklärung geben: Er hasste mich so sehr, dass er beschlossen hatte, mich zu zerstören. Aber warum? Als wir uns das erste Mal trafen, war er der Inbegriff von Charme und Aufmerksamkeit gewesen. Doch nach und nach bröckelte seine charismatische Fassade und hinter unseren verschlossenen Türen wurde er zum regelrechten Monster.

Wie sollte ich gegen jemanden wie ihn nur

ankommen? Ich hatte ja nicht einmal einen Job, um die Gerichtskosten zu decken.

Ein Hupen holte mich dann in die Realität zurück: Ich war nämlich soeben fast vor einen fahrenden Bus gelaufen. Der Fahrer schrie mich an, seine Augen schossen aus ihren Höhlen. Ich konnte es ihm aber nicht verübeln. Ich war so abgelenkt, dass ich gar nicht bemerkt hatte, wie ich den Bürgersteig verlassen hatte.

Ich musste mich einfach mehr konzentrieren.

Zudem war es dringend an der Zeit, eine Einkommensquelle zu finden und vielleicht sogar eine eigene Wohnung, falls er mich auch aus dem Haus werfen sollte,, wie er ja ebenfalls bereits angedeutet hatte. Alles würde ausreichen, um diese doch so peinliche Lücke in meinem Lebenslauf zu füllen. Dann würde ich mir einen guten Anwalt suchen, vorzugsweise einen, der nicht Marks Kollege war und der mir dabei helfen würde, das Sorgerecht für unsere Kinder zu erkämpfen.

Er rechnete ganz fest damit, dass ich aufgeben würde, wie immer.

Und während ich noch damit beschäftigt war, mich selbst zu ermutigen, versperrte mir ein großer schwarzer Vogel den Weg.

Schon wieder dieser Rabe! Es war schwer, diese glänzenden, intelligenten Augen zu vergessen. Zweifellos war es derselbe Rabe, der letztens in der Nähe unseres Magnolienbaums kreiste.

Ich versuchte, ihn mit einem Schrei zu verscheuchen, aber er ignorierte mich nur und setzte sich mitten auf dem Bürgersteig. Er blinzelte nicht einmal. Blinzeln Raben überhaupt? Sollten sie nicht eher Angst vor Vogelscheuchen haben?

Aber da diese kleine Kreatur nicht die Absicht hatte, sich zu wegbewegen, beschloss ich, um sie herumzugehen und schüttelte den Kopf über diese Dreistigkeit.

Ich wollte gerade zur Bushaltestelle hinüber gehen, als ich bemerkte, dass der Vogel etwas Glänzendes im Schnabel hatte: Es sah aus wie ein ziemlich großer Verlobungsring.

Moment mal ... das war doch *mein* Verlobungsring!

„Hey!", rief ich dem Raben zu. Aber schon breitete der schwarze Vogel seine Flügel aus und flog in einen nahegelegenen Park.

„Halt! Gib es mir zurück!"

Ich rannte ihm hinterher, schubste jeden beiseite, der mir im Weg war und ignorierte die verurteilenden Blicke der Leute. Dieser Vogel hatte doch wirklich meinen Verlobungsring im Schnabel, den ich eigentlich für etwas zusätzliches Geld verpfänden wollte. Auf keinen Fall wollte ich ihn damit davonkommen lassen.

✳✳✳

Der Rabe überquerte die Straße und verschwand in einer Baumgruppe. Ich sprang über einen Baumstumpf aber der Vogel war schneller als ich. Der Gedanke, den Ring zu verlieren, ließ mich anfangen schneller zu rennen. Ich wollte ihn einfach nicht diesem dummen Vieh mit einer Vorliebe für glänzende Dinge überlassen.

„Stopp!", rief ich und hatte keinesfalls erwartet, dass der Vogel mich verstehen würde, aber seltsamerweise hielt er an und wartete auf mich. „Du

Dieb! Gib mir meinen Ring zurück!”

Wütend schwang ich meine Faust. Es war doch einfach unglaublich … in meiner Situation konnte ich keinen einzigen Cent riskieren.

Plötzlich sanken meine Füße in den Boden ein, denn als ich auf einen Haufen Laubstreu trat, gab der Boden nach und ein vorher nicht sichtbares Loch verschlang mich.

Ich fiel und schrie, bis meine Lungen keine Luft mehr bekamen.

Schließlich spürte ich, wie mein Körper auf dem kalten, harten Boden aufschlug.

Die Dunkelheit des Lochs verschlang mich und ich verlor das Bewusstsein.

Kapitel 3

Alba

Als ich wieder zu mir kam, hämmerte mein Kopf und meine Sicht war verschwommen. Ich erinnerte mich aber dennoch an den Sturz und die Dunkelheit, die darauffolgte. Jemand hatte mich mit einem Samtlaken zugedeckt, mir sogar die Schuhe ausgezogen und sie ordentlich neben mich gestellt. Doch ich konnte niemanden sehen.

Die Wände des Lochs – oder vielmehr der Höhle – bestanden aus rötlichem Glas, das mit winzigen Blasen gefüllt war, die in ihrem eigenen Licht leuchteten. Der unterirdische Raum, in den ich hineingestürzt war, verströmte eine unheimliche Aura von Geheimnis und Zauberei. Als sich meine Augen dann endlich an das gedämpfte Licht gewöhnt hatten, konnte ich die gerippten Gewölbe über mir und die geschnitzten Arkaden entlang der kirschfarbenen Glaswände erkennen. Der Ort erinnerte mich vage an die europäische Sakralarchitektur, die ich als Kind schon mal gesehen hatte.

Ich beugte zaghaft meine Gliedmaßen und vergewisserte mich, dass ich keine Verletzungen hatte. Mein Kopf schmerzte von dem Aufprall, aber ansonsten ging es mir gut. Ich stand auf und ging vorsichtig auf die Höhlenwände zu, um nach der Öffnung zu suchen, durch die ich gefallen war. Aber da war nichts, nur Dunkelheit.

Leise lauschte ich den Geräuschen der Umgebung, um nach Hinweisen zu suchen.

Ein Rinnsal.

Das ferne Brummen des Verkehrs draußen.

Schritte? Ja, leichte elegante Schritte.

„Hallo?", flüsterte ich, nicht wissend, ob mir eine Antwort lieber wäre oder nicht.

Ein heller, orangefarbener Schein erschien am Ende der Höhle, die breit und lang war. Es musste eine Kerze oder ein kleines Feuer gewesen sein. Ich ging vorsichtig darauf zu, meine Schritte hallten in dem leeren Raum wider, als wäre es eine alte Kathedrale. Es roch modrig, nach feuchter Erde und noch nach etwas anderem, das mir bekannt vorkam, nur konnte ich es nicht definieren.

Diese Schritte …

Es gab keinen Zweifel mehr: Da kommt jemand.

„Ist da jemand?", fragte ich mit leiser Stimme und rieb mir die Arme. Es war kalt. Ich durchsuchte die Höhle nach einem Ausgang oder zumindest nach einem Versteck ab, fand aber nichts. Nur den Gang, aus dem das orangefarbene Leuchten kam und von wo auch die Schritte her hallten.

Wer auch immer es war, ich würde ihm gegenübertreten müssen.

Plötzlich erstarrte ich und ein starkes Panikgefühl überkam mich. Spontan griff ich nach einem Schuh und hielt ihn mit der Ferse nach außen. Es war zwar keine Waffe, aber besser als nichts …

„Der rote Bernstein von Emberbury ist fesselnd, nicht wahr?", fragte eine tiefe Stimme mit englischem Akzent. „Und manche sagen, er habe magische Eigenschaften. Glauben Sie etwa auch an so etwas?"

Der Schrecken lähmte mich, als ich im Gang die Gestalt eines Mannes sah. Er stand vor mir, groß und rätselhaft. Ich wollte schreien, aber meine Kehle war wie zugeschnürt.

Das Erste, was mir auffiel, war sein eigenartiges und schillerndes Aussehen.

Das Zweite war die Gewissheit, dass ich aus dieser unerwarteten Begegnung nicht lebend herauskommen würde.

***

Er hatte zwar feine Züge, aber sein Gesicht war dennoch seltsam blass, *blasser als der Tod*, war mein erster Gedanke. Er hielt einen Kerzenleuchter aus Messing in der Hand und trug eine Seidenweste und ein weißes Spitzenhemd, das aussah wie aus einem viktorianischen Roman. Beides passte perfekt über seine breiten Schultern. Ich schätzte ihn auf Mitte dreißig, den silbernen Locken nach zu urteilen, die sein Haar zierten, das ansonsten so schwarz war wie der Rabe im Park war. Es war ein wenig lang und auf ganz altmodische Art geschnitten.

„Wo bin ich? Was mache ich hier?", fragte ich mit zitternder Stimme und wich vor der roten Glaswand zurück.

So gutaussehend dieser Fremde auch war, seine Anwesenheit in der Höhle war beängstigend. Vielleicht lag es an der Art, wie er mir immer wieder an den Hals starrte, oder an dem Duft, der ihm folgte: ein vertrautes holziges Parfüm, das nach Herbstspaziergängen im Wald roch und ... *und Blut.*

Weglaufen kam nicht infrage: Es gab keinen Ausweg und niemanden, der mir helfen konnte. Ich versteckte den Schuh hinter meinem Rücken und strich mit meinem Daumen über den spitzen Absatz.

Denk nach, Alba, denk nach! Wäre es eine gute Idee

zu schreien oder wäre ich dann schneller tot?

„Verzeihung. Ich hätte mich zuerst vorstellen sollen.” Er machte eine halbe Verbeugung. „Mein Name ist Clarence Auberon und dies ist … meine bescheidene Bleibe. Und Sie müssen Madame Alba Lumin sein.”

„Andersson. Alba *Andersson*”, korrigierte ich ihn und fühlte mich direkt wie eine Idiotin. Man musste schon dumm sein, um einem potenziell gefährlichen Fremden meinen Nachnamen zu verraten. Aber er hatte mich mit dem Namen meiner Großmutter angesprochen und das hatte mich verwirrt.

„Wie Sie wünschen”, sagte er hintersinnig, „es tut mir leid, dass wir uns auf diese unangenehme Weise kennenlernen mussten, aber ich versichere Ihnen, dass ich versucht habe, einen besseren Weg zu finden, nur leider ohne Erfolg.” Er schüttelte den Kopf und seine Stimme wurde sanfter. „Bitte haben Sie keine Angst. Ich werde Ihnen nicht wehtun.”

Ich holte tief Luft und zögerte, seinen Worten zu glauben. Ich spürte jedoch, dass er die Wahrheit sagte: Nein, er war nicht dort, um mich zu töten. Zumindest *jetzt noch nicht.*

„Die Königin wartet auf Sie. Folgen Sie mir bitte, ich bringe Sie in den Konferenzraum”, sagte er.

Der Mann streckte seine Hand aus und wartete darauf, dass ich sie ergriff, aber ich wich zurück und lehnte ab. Er nickte verständnisvoll. Mit dem Wissen, das es keinen besseren Plan geben würde, ging ich neben ihm her, wobei ich meine hohen Absätze als einziges Mittel der Selbstverteidigung festhielt.

Ich fragte mich, ob der Rabe, den ich gejagt hatte, mit diesem Mann in Verbindung stehen könnte. Er schien ja nicht wirklich überrascht zu sein, mich in der Höhle aufzufinden, also war es wohl nicht ganz unwahrscheinlich.

Als wir dann einen dunklen Steinkorridor entlanggingen, hielt er Abstand zwischen uns, als wolle er seine guten Absichten demonstrieren. Der Boden war mit unsichtbaren, aber scharfen Kieselsteinen übersät, die sich schmerzhaft in meine nackten Fußsohlen bohrten.

„Möchten Sie vielleicht lieber Ihre Schuhe anziehen?", kommentierte er mit einem mitfühlenden Blick auf meine lächerliche *Waffe*. „Wir haben in den Haupträumen einen ordentlichen Bodenbelag, aber ich musste Sie durch die Hintertür hereinbringen. Ich möchte nicht, dass sie sich meinetwegen die Füße verletzen."

„Mir geht es gut, danke", sagte ich, schwankte ein wenig und rieb mir die Schläfen.

„Es tut mir sehr leid, dass Sie gestürzt sind", sagte er und sah auf meine wachsende Beule. „Ich wünschte, ich hätte Sie rechtzeitig auffangen können, aber Sie sind mir durch die Finger gerutscht."

Wie bitte?

Als ich ein wenig nachdachte, konnte ich mich daran erinnern, dass etwas oder … jemand meinen Sturz abgebremst hatte. Jemand, der zwar danach direkt verschwunden, aber dennoch so freundlich war, mich mit einem Laken zuzudecken.

„Ich habe einen schwarzen Vogel gejagt und bin in ein Loch gefallen", sagte ich langsam und hoffte, dass er mir dazu eine Erklärung geben konnte.

„Einen Raben." Er nickte und musterte mich neugierig.

Es war klar, dass er nicht mehr sagen würde. Und da ich wusste, dass ich keine Möglichkeit hatte zu entkommen, ergab ich mich meinem Schicksal und folgte ihm. Vielleicht würde ich am Ende des Gangs eine Tür finden, durch die ich entkommen könnte.

„Ich kann Ihre Angst vollkömmlich riechen", sagte er, „aber ich verspreche, dass Ihnen niemand etwas antun wird."

Wir gingen noch einige Minuten durch den dunklen, engen Gang. Die einzige Beleuchtung bestand aus dem Kerzenleuchter in seiner Hand. Nach einer Weile ging der rustikale Steinboden dann in Parkett über und eine große Holztür mit Schnitzereien tat sich vor uns auf. Er klopfte an und sie öffnete sich mit einem lauten Knarren von selbst.

„Willkommen im Kloster", sagte er und hielt die Tür mit altmodischer Ritterlichkeit auf.

Lesen Sie „Die verlorene Hexe"

https://books2read.com/verlorenehexe

Erstes Kapitel von „Iris, der Blutzauber":

Eine Serie über Hexen, Liebe und Magie, die Sie an die sonnigen Strände von Ibiza entführt, wo die Bar "Moonlight Sonata" die geheimnisvollste paranormale Agentur der Insel verbirgt.

Ibiza, vor 5 Jahren

Ich hätte nie gedacht, dass dies die letzte Nacht sein würde, in der ich meine einzige Schwester sehen würde.

Hätte ich gewusst, dass es so kommen würde, wäre ich wohl diplomatischer und vorsichtiger gewesen. Ich hätte versucht, Katie zu warnen, ohne sie gegen mich aufzubringen. Doch leider ahnte ich nicht, dass ich kurz davorstand, sie zu verlieren. Meine Schwester Katie und ich waren von den Vereinigten Staaten nach Europa gereist. Dort hatten wir eine kleine, vielfältige Gruppe von Sommerfreunden kennengelernt – Leute, die man in Bars trifft, die für ein paar Wochen unzertrennlich werden und dann für immer verschwinden, wie Fußabdrücke im Sand.

Die meisten von ihnen wussten nicht, dass wir Hexen waren – aber das spielte keine Rolle, denn wir alle hatten ein gemeinsames Ziel: auf jeder Party das Beste aus dem Leben herauszuholen und jede Nacht so zu leben, als wäre es unsere letzte. Für einige von uns würde es das auch sein. Bald würde ich mein erstes Jahr an der Universität beginnen, und um das zu feiern, hatten meine Schwester und ich uns auf eine fast dreimonatige Reise begeben, die von unseren Eltern finanziert wurde. Im Alter von fünf Jahren von einem wohlhabenden Vampirclan adoptiert zu werden, hatte seine Vorzüge. Wir durften nicht nur ins Bett gehen, wann immer wir wollten, sondern bekamen auch jeden Wunsch erfüllt, egal, was es kostete.

Katie war im dritten Jahr ihres Kunstgeschichtsstudiums. Sie hatte das Reiseziel mit der Absicht gewählt, alle europäischen Kathedralen, alle Arten von griechischen und römischen Ruinen und anscheinend sogar die Bewohner der Renaissancezeit selbst zu sehen. Zumindest dachte ich das, als ich einen Blick auf den über fünfhundert Jahre alten Skulpturenvampir warf, an dessen Arm Katie in diesem Moment hing.

An diesem Abend schlenderten wir mit unseren Freunden an der Strandpromenade entlang. Ich entfernte mich von der Gruppe und ging in Richtung Strand, angezogen von den seltsamen rötlichen Spiegelungen in den Wellen. Ich zog meine Sandalen aus, um den feuchten Sand unter meinen Füßen zu spüren, schloss die Augen und versuchte, die Geheimnisse derer zu erahnen, die vor mir vorbeigegangen waren. Ich fragte mich, wer wohl Stunden oder sogar Jahrhunderte zuvor an diesem Ufer entlanggegangen war und ob die Geister eine Botschaft für mich hatten. Ich lauschte eine Weile, aber ich konnte nichts entziffern und niemanden spüren, obwohl diese Strände immer überfüllt waren.

„Iris! Was machst du da?", rief Katie und winkte mir zu, zur Gruppe zurückzukehren. Drei Mädchen in fließenden weißen Röcken, die zu ihren knappen Bikinioberteilen passten, folgten ihr. Alle wurden von ihren neu gefundenen Männern begleitet, die genauso gut aussahen, wie die Mädchen schön waren. Männer ... oder was auch immer sie waren.

„Ich komme!", erwiderte ich und spürte, wie die Wellen mit ihrer Ebbe und Flut nach mir riefen und mir etwas sagen wollten.

„Hier lang!", sagte meine Schwester und zeigte auf eine Seitenstraße, die in die Stadt führte. „Bleib nicht zurück. Du verirrst dich sonst! Und das Konzert fängt gleich an."

Ich hatte überhaupt kein Interesse an dem Konzert. Katie mochte Techno-Musik, ich nicht. Aber da ich die jüngere und introvertiertere Schwester war, wurde ich immer zu den Orten mitgeschleppt, die sie auswählte und zu den Leuten, die sie mochte.

Ich wäre ihr gefolgt, aber plötzlich spürte ich eine starke Energie, die mich zurück zum Strand zog.

Ich winkte Katie mit der Hand zu, um ihr zu signalisieren, dass sie ohne mich weitergehen sollte.

„Ich komme später nach!", rief ich.

Ich schloss meine Augen, streckte meine Arme aus und eine Vision begann sich in meinem Kopf zu formen. Es war ein verschwommenes Bild, wie das Plätschern einer Spiegelung im Wasser. So kamen mir die Visionen oft: unscharfe Echos, die allmählich schärfer wurden, wenn die Störungen aufhörten. Doch oft blieben sie unentzifferbar, verschwommene Bilder, von denen ich nie das ganze Bild sah.

Ich kramte in meiner Tasche und holte hastig eine Kerze und ein Feuerzeug heraus. Ich zündete die Kerze an und hielt sie in einer Hand, um die Dunkelheit der Geisterwelt zu erhellen. Ohne Kerzen war es unmöglich, weiter zu sehen.

Dann versuchte ich, die Ecken der Vision zu

dehnen, bis etwas in der Mitte klar wurde. Ich zählte langsam bis drei: Zählen half immer.

Und dann habe ich es gesehen:

Blut.

Die Vision begann mit einem Blutstropfen. Jetzt sah ich ihn ganz deutlich: Er tropfte am Rand eines Bechers hinunter, eines alten Glaspokals, der in eine mittelalterliche Burg gehört haben könnte. Eine zierliche Frauenhand führte den Becher an ihre Lippen und beschmutzte sie. Aber das war ihr egal - sie lächelte. Ich wollte gerade ihr ganzes Gesicht sehen, als die Temperatur plötzlich sank. Nur die Toten konnten mitten im Sommer eine so starke Kälte spüren. Frostige Tentakel erhoben sich entlang des Oberkörpers der unbekannten Frau und bedeckten ihn mit Schneekristallen.

Ein ungeduldiger Schrei riss mich aus der Trance.

„Iris, ich sagte: *Lass uns gehen!*" Meine Schwester war gekommen, um mich vom Ufer abzuholen und zerrte an meinem Arm. Ich öffnete die Augen und sah, wie sie mit einem missmutigen Gesichtsausdruck auf meine lächerliche Geburtstagskerze schaute.

„Was stehst du denn hier rum? Alle anderen sind schon reingegangen. Komm schon! Mach das aus und hör auf, eine Szene zu machen."

„Gib mir einen Moment..."

Ich atmete tief durch, um ganz in die Gegenwart zurückzukehren, und zählte ganz langsam bis drei.

Aber Katie war zu ungeduldig und blies meine Kerze aus.

„Du und deine seltsamen Macken", sagte sie und schnalzte mit der Zunge.

Sie zeigte auf ein Lokal mit leuchtenden

Buchstaben über der Tür. Hector, ihr neuer Freund, wartete mit verschränkten Armen neben dem Türsteher auf sie. Es war schwer zu entscheiden, welcher der beiden Männer den breiteren Rücken hatte. Katie warf mir einen missbilligenden Blick zu und rannte hinter ihm her wie ein gehorsames Hündchen.

Ich seufzte.

Ich hob meine Sandalen auf, die immer noch im Sand lagen, und begann mich zur Bar zu schleppen. Von hinten betrachtete ich die perfekte Figur meiner Schwester. Sie war schon immer in allem besser gewesen, schöner, klüger und natürlich auch eine bessere Hexe. Während ich mit großer Anstrengung zufällige Bilder empfing, die mir die Geister schickten, wann immer es ihnen gefiel, konnte sie einfach ein Zauberbuch aufschlagen und jeden beliebigen Zauber ausführen, den sie sich vornahm. Ich war nie in der Lage gewesen, solche Dinge zu tun. Katie war immer der ganze Stolz unserer Familie gewesen: Sie hatte ihren Abschluss mit hervorragenden Noten gemacht, stand kurz vor ihrem Abschluss in Kunstgeschichte und würde bald eine angesehene Universitätsprofessorin an einer berühmten Universität in London oder New York sein.

In der Zwischenzeit hatte ich mich daran gewöhnt, die Zweitbeste zu sein und in ihrem Schatten zu leben, obwohl es mir nicht wirklich etwas ausmachte. Ich war glücklich mit meinen Büchern und meiner unsichtbaren Existenz. Ich brauchte nicht viel mehr.

Aber sicherlich war es aus all diesen Gründen so, dass ich in dieser Nacht alleine am Mittelmeer spazieren ging, während sie einen echten griechischen Gott küsste.

Hector. Ein falscher Name, offensichtlich. Wie

alle Vampire war er attraktiv, aber selbst unter den Unsterblichen stach er hervor. Außerdem war er kultiviert, ein Kunstliebhaber und verfügte über eine lächerliche, altmodische Ritterlichkeit, die Katie verblüffte. Der perfekte Mann ... auf den ersten Blick. Aber nicht alles an ihm war so, wie es schien; von unserer ersten Begegnung an hatte er mir ein ungutes Gefühl vermittelt. Irgendetwas an ihm stimmte nicht mit mir überein, und es war faszinierend, dass Katie mit ihren überlegenen magischen Fähigkeiten nicht in der Lage war, das zu bemerken.

Ich folgte ihnen in den Veranstaltungsort. Es war ein schwach beleuchtetes Atrium, umgeben von riesigen Palmen, und es roch nach Alkohol und einem Mangel an Deo. Die Musik dröhnte in ohrenbetäubender Lautstärke, und Konfettiwolken füllten die Luft mit rosa und violetten Farbtupfern. An diesem Abend trat ein berühmter DJ auf, der Lieblings-DJ meiner Schwester.

Katie und Hector hatten sich in einer Ecke niedergelassen und waren ineinander verschlungen. Seine Hände bewegten sich mit übernatürlicher Geschwindigkeit, kaum verborgen unter den Lichtblitzen, und krochen durch den Seitenschlitz unter den weißen Sarong meiner Schwester. Die Musik begann, in meinen Kopf einzudringen und auf mein Gehirn einzuhämmern.

Na ja. Vielleicht würden diese hämmernden Beats mir helfen, die verstörende Vision zu vergessen, die mich am Strand erschüttert hatte.

Ein Typ lächelte mich an. Seine Haut und seine Haare waren dunkel und auf den ersten Blick wirkte er süß. Aber bei näherem Hinsehen bemerkte ich, dass seine Pupillen geweitet und rund wie die einer Katze waren und in Augen voller roter Adern lagen. Er kratzte sich an der Nase, als ob es ihn juckte, dann lächelte er wieder und schwankte leicht. Nein, danke. Ich wandte mich ab, ohne sein Lächeln zu erwidern, und schlich mich aus seinem Blickfeld ins Bad. Es gab viele bekiffte Typen wie ihn auf Ibiza, aber sie waren nicht mein Typ.

Die Schlange für die Damentoilette war dreimal so lang, also schlich ich mich unter den empörten Blicken der wartenden Mädchen auf die Herrentoilette.

Ich klappte den Toilettensitz herunter und setzte mich mit dem Kopf in den Händen darauf, weil mir etwas schwindlig war.

In diesem Moment kehrte die Vision zurück, die ich vorhin mit meinem improvisierten Ritual heraufbeschworen hatte.

Ich schloss die Augen und stellte mir vor, wie der Blutstropfen das Glas hinunterrutschte, wie die rosafarbenen, fleischigen Lippen sich sinnlich dem Rand näherten und leicht daran leckten, bis sie purpurrot gefärbt waren... Mit großer Anstrengung versuchte ich, über diese Lippen hinwegzusehen und hob meinen Blick, um das Gesicht der Frau zu sehen. Aber wie immer in Träumen war das nicht einfach.

Ich spürte wieder die gleiche tödliche Kälte und umarmte mich.

Die Kälte wurde stärker und ich erkannte, dass die Lippen meiner Schwester Katie gehörten.

Erschrocken öffnete ich abrupt die Tür meiner Kabine auf der Herrentoilette. Durch das Geräusch aufgeschreckt, starrte mich ein Mann an; ich ignorierte ihn und rannte hinaus.

Ich musste Katie finden, und zwar schnell.

Sie hatte vor, die Nacht bei Hector zu verbringen, obwohl sie sich erst seit ein paar Tagen kannten. Es war unser letzter Abend auf der Insel und Katie wollte unbedingt etwas Lustiges unternehmen... Spaß und Risiko, bevor wir wieder in unser langweiliges Universitätsleben zurückkehren.

Ich rannte durch den Nachtclub, umging den großen Pool in der Mitte und wich der Menge aus. Ich suchte das Gesicht meiner Schwester unter all den Leuten, die genau wie sie in der seltsamen Ibiza-Partyuniform gekleidet waren, die alle anderen Mädchen außer mir trugen.

„Katie! Katie!" rief ich und konnte die Hysterie in meiner Stimme nicht verbergen.

Die Vision wurde klarer und intensiver; jetzt konnte ich ihren ganzen Körper sehen. Katie hielt das Glas, und ein Mann hatte seinen Arm um ihre Taille gelegt. Ich musste mich nicht einmal mehr konzentrieren, um zu wissen, wessen muskulöser und kräftiger Arm ihren Unterleib hinunterzog. Der Phantomarm reichte bis über ihren Bauchnabel hinaus, und sie stöhnte auf.

„Mein. Für immer mein, mit Leib und Seele..." Eine heisere, geisterhafte Stimme ließ mich aufschrecken. Ich hörte selten Stimmen in meinen Visionen.

Ich lehnte mich an das Glasgeländer, das den Pool des Lokals umgibt, und versuchte, zu Atem zu kommen. Dabei entdeckte ich die goldenen Locken meiner Schwester in der Menge, die unter den rosa, blauen und grünen Lichtern des Nachtclubs hüpften und ihre Farbe veränderten, was ihr ein übernatürliches Aussehen verlieh.

Ich ging auf sie zu und zog sie von Hector weg, sehr zu seinem Erstaunen.

„Ich muss einen Moment mit meiner Schwester alleine reden", knurrte ich und zog sie auf die andere

Seite der Tanzfläche.

„Was glaubst du, was du da tust?" Katie schnauzte mich an und schubste mich weg, während sie ihrer Begleiterin einen entschuldigenden Blick zuwarf. "Wir waren mitten in einem... persönlichen Gespräch!"

„Das ist genau das, was mich beunruhigt."

Ich sah mich um und berechnete den Abstand, damit Hector nicht hören konnte, was wir sagten. Bei der Musik und der Menge war es wahrscheinlich sicher zu reden, egal wie scharf sein Vampirgehör war.

„Was sagst du da?" beschwerte sich Katie. „Warum gehst du nicht an die Bar und holst dir etwas Schönes zu trinken?", sagte sie und reichte mir einen Dollarschein, als wäre ich ein kleines Kind. Ich schob das Geld mit einer Handbewegung weg und biss die Zähne zusammen, um sie nicht zu beleidigen.

„Ich hatte eine Vision, Katie! Es war Hector... Er hat etwas an sich, dem ich nicht traue, und ich mache mir Sorgen um dich."

Ich versuchte, sie zu mir zu ziehen, um ihr ins Ohr zu sprechen, aber sie zuckte zurück und verschränkte ihre Arme.

„Ich bin eine erwachsene Frau und kann auf mich selbst aufpassen. Geh und hab Spaß und lass mich eine Weile in Ruhe, okay?"

Ich atmete tief durch, starrte auf den Boden und zählte die Fliesen, um mich zu beruhigen. Katie bemerkte meine Verzweiflung und ihr Tonfall wurde etwas sanfter.

„Hector ist ein guter Kerl", sagte sie. "Glaub mir. Wir wissen, was er ist, aber was macht das schon? Wir sind beide an sie gewöhnt. Und hör zu, er nimmt mich morgen mit, um seine Privatsammlung zu sehen. Er hat einen echten Botticelli. Kannst du das glauben?"

Privatsammlung.

Das Wort "Sammlung" hat mich nicht beunruhigt, aber das Wort "privat" schon, und zwar sehr.

„Bitte, Katie, wir müssen jetzt gehen", flehte ich. Ich merkte, dass ich laut genug sprach, um über den Lärm hinweg gehört zu werden, und Hectors Augen blitzten auf der anderen Seite der Tanzfläche auf. "Ernsthaft. Ich kann Hector überhaupt nicht leiden."

Katies Stimme wurde eisig, als sie bemerkte, dass Hector sie beobachtete.

„Hör auf, Hector zu kritisieren! Du bist eifersüchtig, Iris. Gib es zu!"

„Eifersüchtig? Auf dich?" Ich spottete und trat auf den Boden, weil ich mich nicht zurückhalten konnte. „Verdammt, Katie, du warst schon immer so arrogant! Du denkst, du weißt alles, aber du hast keine Ahnung. Komm zur Vernunft, Katie! Dieser Typ ist ein fünfhundert Jahre alter Vampir! Wusstest du, dass er zuerst versucht hat, mich anzumachen? Glaubst du wirklich, dass du die erste bist, der er die Kette geschenkt hat?"

Katie zögerte einen Moment lang. Ich dachte, ich hätte es geschafft, sie aus ihrem Traum zu wecken, aber dann tauchte Hector von hinten auf, und der Gesichtsausdruck meiner Schwester änderte sich vollständig.

„Wenn du gestattest, habe ich mit dieser schönen Dame getanzt", sagte er höflich und legte seine Hand an ihre Taille.

„Katie..." rief ich noch einmal, aber sie sah mich nicht einmal an. „Bitte, hör mir zu!"

„Raus hier", zischte sie wütend. Sie wirkte winzig unter dem Schatten des imposanten Vampirs. "Wenn du nicht gehst, werden wir es tun. Wir sehen uns morgen früh. Und versuch, etwas Spaß zu haben, Iris."

Sie verschwanden in der Menge, und ich stand da, während die Lautsprecher den Rhythmus meiner Schluchzer in meiner Brust widerhallen ließen.

Das war das letzte Mal, dass ich meine Schwester sah, und ich habe mir nie verziehen, dass ich sie nicht dazu gebracht habe, bei mir zu bleiben.

Lesen Sie: ***Iris, Der Blutzauber***
https://books2read.com/irisblutzauber

Über die Autorin

Eva Alton ist eine Autorin mit einer beeindruckenden Bandbreite an Werken in den Genres romantische Fantasy, historische Fantasy und Sachliteratur.

Ihre romantische Fantasy-Serie "Die Vampire von Emberbury" erntete besondere Anerkennung von Kritikern für ihre Einzigartigkeit. Diese Serie steht seit 2023 deutschen Lesern zur Verfügung.

Ihr Roman "Die Verlorene Hexe" wurde beim Vampire Arts Festival 2020 mit dem angesehenen Silbernen Pflock ausgezeichnet.

Folgen Sie Eva, indem Sie sich für ihren Newsletter anmelden, um Updates über ihre neuesten Buchveröffentlichungen zu erhalten.

Evas Newsletter.
https://sendfox.com/lp/m4yndv